ショコラティエ愛欲レシピ

藍生 有

white heart

講談社X文庫

目次

イラストレーション／蓮川 愛

ショコラティエ愛欲レシピ

パリの冬は憂鬱《ゆううつ》だ。太陽がやる気を失ったせいで街は一日中《いちにちじゅう》灰色に染まっていた。夜ともなれば石畳のひんやりした硬さが体を芯《しん》から冷やして、足取りを重くする。

「……寒い」

反田仁《はんだじん》は狭く暗い路地を早足で抜けながらそう呟《つぶや》いた。口に出さずにいられなかった。吐いた息が白くなる。手袋の中では、指先の感覚が失われていく。指が冷たいのは職業病だ。

仁が日本を離れ、パリにやってきてから五年が過ぎている。冬にも慣れたつもりでいたが、今日はやけに寒さが身にしみた。それはきっと、ほんの一時間ほど前の出来事のせいだ。

はぁ、と無意識の内に大きなため息をつく。

石畳を更に濃く煮詰めたような色の空を見上げる。頭に浮かぶのは、どうして、という単語だけだった。

仁はショコラティエ、チョコレート専門の職人だ。日本の専門学校を卒業後、就職したホテルでチョコレート製品を担当したことがきっかけで、本格的にショコラを学びたいと思うようになった。

勉強するなら本場がいいと決め、ホテル時代の先輩のつてを頼ってパリに来たのが五年前。仁は二十四歳だった。

最初の職場は、パリ郊外にある家族経営のショコラトリー。カカオ豆の焙煎《ばいせん》から行うこだわりで知られる店だ。そこで仁はショコラティエとしての基礎を叩《たた》き込《こ》まれただけでなく、フランス語も教えてもらった。おかげで渡仏《とふつ》時には覚束《おぼつか》なかったフランス語も、日常会話には困らないレベルにまで上達した。

とてもいい店で、仁としてはできれば長く働きたかった。しかしオーナーが体調を崩したため、一年も経たない内に閉店が決まってしまう。オーナーは次の職場を紹介してくれたが、そこは世界中に支店を持つ有名店だった。従業員の数も多く、流れ作業のように工程のごく一部だけを担当する環境では、自分が望んだ技術の習得は難しい。そう判断した仁は、有期の労働契約を更新せず、転職先を探した。そこで出会ったのが、今のショコラトリーの募集だ。

給与や待遇はごく平均的、ただ商品をそれぞれ一人が全工程担当するスタイルは魅力的だった。経歴を送るとすぐに、当時のトップショコラティエから連絡が来た。面接は好感触で、その場でできるだけ早く店に来てくれと言われた。あまりにあっさりと決まって驚いたものだ。

正式契約後、仁は自分が採用された理由を察した。ショコラトリーには思っていたより多くの日本人観光客が訪れる。日本向けの催事にも参加しているが、そのやりとりに難儀していたようなのだ。手が空いている時は店頭を手伝ってくれないかと聞かれた理由を知り、できることは手伝うようにした。

これまでの店とは何もかもが違って、毎日が勉強だった。最初の頃は開店時間までに満足のいく商品が作れず、誰よりも早く作業場であるアトリエに来て、仕事を始めたものだ。

その努力が認められたのか、仁は次々と新しい種類のチョコレートを任されるようになった。去年からはショコラ等《など》の生菓子部門のチーフとして、日々店の看板商品であるボンボンショコラを作っている。

年に一度は催事で日本へ帰ることもできる。待遇も申し分ない。シーズンごとの商品も評価され、自分のキャリアは順調だと思っていた。――二ヵ月前、これまで店を仕切っていたトップショコラティエが母国に戻るからと辞めるまでは。

トップショコラティエに昇格したのは、焼菓子の責任者だったポール。仁より五歳年上の彼は、パリで知らぬものなどいない有名ショコラトリーで修業したことが自慢の小柄な男である。

彼は着任するなり、仁の仕事ぶりを批判した。材料を使いすぎだ、もっと数を作れ、早く。これじゃあ足りない、残ったら翌日売ればいいから、とにかくショーケースに並べろ。

「お前はなんでも遅いな」

作業中に顔を出してはそう言う男を、好きになれというのは無理な話だ。一体何がそんなに気に入らないのか、ポールはとにかく仁に対して当たりが厳しかった。

これまでは焼菓子と生菓子で担当が違うため、ポールと直接話す機会はほぼなかった。作業するアトリエも、冷房の効いた生菓子用とオーブンが必要な焼菓子用は別だ。それでもたまに顔を合わせると気に障ることを言ってきたから、彼は自分のことが嫌いなのだろうと思っていた。当然、そんな態度をとられれば、仁だって彼にいい感情は持てない。

でも、仕事は仕事だ。私情を持ち込むことはないと考えていた自分は、甘かったのだろう。

今日の閉店作業中、ボンボンショコラを作るアトリエにやってきたポールは、まるで世間話かのような気軽さで言った。

「クーベルチュールチョコレートの仕入れ先が変わる」

一方的に告げられた内容に驚いて、仁は洗い終えたボウルを拭《ふ》く手を止めた。

この店では、ボンボンショコラの主材料となるクーベルチュールチョコレートを業者から仕入れている。

「理由は？」

「値段だ。値上げ幅が大きすぎた」

「なるほど。まあ、しょうがない、な」

反論の余地はなく、仁は頷《うなず》いた。カカオ豆の高騰が続いていることは知っている。

「ついでに生クリームも変わる」

「分かった」

どちらも大事な材料だ。二つとも変わるとなれば、今のレシピで作ると違うものが出来上がってしまう。また調整しなくてはならないなと考えながら、仁はポールに聞いた。

「いつからだ」

「来週分から切り替わる」

「……来週？　そんなすぐに？」

なんでもないことのように頷かれて、仁は目を瞠《みは》った。

「一度に変えるのは無謀だ。変えるにしても準備の時間がいる。ちゃんとしなければ店の味が変わってしまう」

反対する仁に、それくらい分かっているとポールは鼻を鳴らした。

「それでも、作るのがお前の仕事だ」

「じゃあそれだけの時間をくれ」

材料が変われればレシピは変わる。いきなり店に出すわけにはいかないのだから、まずは適切なレシピを見つける必要があった。

「時間なら今週いっぱいある」

「今日は火曜日だぞ。週末までに試作をしてみるとしても……」

新しい材料を使っての試作は、通常業務の合間に行う必要がある。スケジュールを脳内で組み立て、今週末は遅くまで残ることになりそうだと仁は一瞬で覚悟した。

「試作？　とりあえず作って出せばいいだろ。作りながら調節はできる」

耳を疑った。ポールは簡単なことのように言い切ったが、それは完成していない商品を店頭に出せと言っているのと同義だ。

「そんなことはできない。店頭に並べるのは商品だ。金を貰《もら》って試食させるつもりはない」

奇妙なほど頭が冴《さ》えていて、言葉がすらすらと口から出てきた。聞いているのかいないのか、ポールは露骨なため息をつく。

「そんなにこだわっても客には伝わらないぞ。自己満足だ」

痛いところを突かれた。確かに、ささいな味の変化に気がつく客は少ないだろう。だがそれでも、店頭に未完成の商品を出すことは、プライドが許さない。

「そうやって、店の味をころころと変える気か？」

マカロンだけじゃなく、と続けようとしたがやめた。ポールのまとう空気が一気に険しくなったせいだ。

でもポールが担当するようになってから、この店のマカロンが変わってしまったのは事実だ。さっくりとした食感が出たと言えば聞こえはいいが、口当たりは明らかに悪くなっている。

原因は分かりきっていた。メレンゲを安定させるためにと乾燥卵白を大量に使うようになったせいだ。マカロンに乾燥した卵白を混ぜることは別に悪くない。ただその調整がうまくできていないだけだ。形のばらつきも多いらしく、ロスも増加していると聞く。

「それをうまくやるのがお前の仕事だ」

違うか、と鼻を鳴らされた。仁の皮肉はまったく通じていなかったようだ。

「できないとは言っていない。時間をくれ、と言っている」

この店に来る客が求める味を出すのが仕事だと、仁は信じていた。だから一歩も引かずに睨《にら》みあう。

先に目を逸《そ》らしたのはポールだった。

「はぁ、まったく、お前は、分かっていない」

心底呆《あき》れたという様子で肩を竦《すく》めた彼は、口角を引きあげて、わざとらしく笑った。

「俺に従えないなら、お前はもう来なくていい」

「どういう意味だ」

「ん、言葉の意味が分からなかったか？」

茶化すような、見ているだけで苛《いら》立《だ》ちを覚える表情に眉《まゆ》を寄せる。

「辞めろ」

ポールのはっきりとした声がアトリエに響いた。

「は……？」

何を言っているのか。仁はその場に固まった。それを見たポールはどこか満足そうに、ゆっくりと言い放つ。

「この店にお前の居場所はないんだ。分かるだろ？」

なぁ、と肩を叩かれた。

フランスで従業員を解雇することは簡単ではない。それなりの手続きを踏まなければ裁判沙汰《ざた》になる。

それでも辞めさせたいのだから、よほど自分が気に入らないのだろう。そう解釈した仁は、何も言い返さず、ポールの手を払って背を向けた。

もういい、話をしても無駄だ。彼はいい物を作るという、ショコラティエとして大事な部分を忘れている。

「お前には失望したよ」

それはこっちの台詞《せりふ》だ。小さく日本語で言い返しつつ、アトリエのテーブルに残っていたボウルを片付ける。本来ならばこれから明日の仕込みをするところだが、辞める自分がすべきことではないだろう。

引きだしの一番上を開けて、自分のノートとペンを取り出した。そのまま無言でアトリエを出ようとしたが、じっとこちらを見ていたポールが、おい、と声を上げる。

「そのノートは置いていけ」

ポールは仁の手にあるノートを指差した。

「それはできない」

仁は首を振った。仕事中も手放さないそのノートは、レシピや思いついたことを記録したものだ。

「レシピを持ち出してはならない契約だぞ」

だがそう言われてしまうと反論ができないのも事実だ。仁は無言でノートを開いて、中央から後半の二十枚ほどを摑《つか》んだ。

びり、と音を立てて、ノートを破る。

「商品に関するのはこの部分だけだ」

ほら、とポールの前に破いたページを差し出す。

このレシピはこの店のものだ。もう覚えているし、店を辞めたら作ることもないから、渡しても問題はない。ただ仁が自分用に作ったもので、ほぼ日本語で書いているのだが、彼に読めるのだろうか。

「……」

破いたページをひったくるように受け取ったポールが、何か言った。いくら慣れているとはいえ、早口だと何を言われているのか分からなかった。

分からなくて幸いかもしれないな、とポールの顔を見て思う。耳まで赤くして、何がそこまで気に入らないのだろう。

とにかくポールはレシピを受け取った。舌打ちした彼に背を向け、仁はアトリエを後にする。

「おいジン、おとなしく辞めることないぞ」

アトリエのドアを出たところで横に並んだのは、同僚のピエールだ。仁と同じく生菓子を担当しているショコラティエの彼は、露骨に顔をしかめていた。

「あいつはオーナーじゃない。従う必要はないぞ」

「別に、いい」

廊下の先にある更衣室に足を踏み入れる。アトリエよりも冷え切った狭い部屋に並んだロッカーを開ける。中に入っているのは、財布と携帯電話が入った鞄《かばん》、それに私服だけだ。

白い制服は脱いで洗濯物の回収ボックスへ放り込んだ。ハイネックのニットにコート、マフラーを着込む。鞄にノートとペンを詰めたら、支度は終わりだ。

念のため、ロッカーの鏡で髪が乱れていないか確認した。黒髪に黒い目の、ごく平凡な日本人の男がそこにいる。

「ちゃんと話しあえよ。話しづらかったら俺も同席するから」

「もういいんだ、ピエール。今までありがとう」

中が空になったのを確認して、ロッカーを締めた。鍵《かぎ》は鍵穴に差したままにしておく。

「おい、本当に辞めるつもりかよ。後悔するって」

雨が嫌いで、『地獄の天気だ』が口癖のピエールとは、仲良くやっていた。

彼は気持ちのいい男で、仁が困っている時はいつも手を貸してくれた。仕事以外でも何度か一緒に食事をして、これから作りたい商品について語りあったこともある。

「俺はいらないって言われたんだ。ここに縋《すが》るつもりはもうないよ」

「あ、……そう、か。そうだよな、お前にここはもったいないよ」

笑おうとして失敗したような表情を浮かべるピエールの背を叩く。

「じゃあな」

「ああ。何かあったら連絡しろよ。俺はお前の力になるから」

軽いハグに頰《ほお》を緩める。こんな風に言ってくれるピエールがありがたかった。

「ありがとう」

ハグを解き、荷物を手にロッカーを出る。すぐ左にある従業員出入口の前にポールが待っていた。

「解雇通知は郵送してくれるのか？」

彼の前で足を止めた。

「それよりいいものを用意しておいた」

ポールはにやにやという表現がぴったりな顔をして、紙を仁に突きつける。解雇ではなく、労働契約の解消という形をとるつもりらしい。

「手回しのいいことで」

こんな書類が用意してあるということは、つまり仁を追い出す機会をうかがっていたということだろう。その間、自分は客においしいと言ってもらいたくて、期間限定のボンボンショコラの調整をしていたというのに。

いろんなことがばかばかしくなった。乱暴に紙を受け取り、ざっと書類を読む。

法律用語は難しいが、契約書を目にする機会はこれまでもあったので、なんとか読み取れた。

補償金は給料の三ヵ月分。解消日は来月一日、それまでは有給休暇扱い。やたらと好条件を提示されて、仁は顔を歪《ゆが》めた。ここまでの扱いをされたら、もう笑うしかない。

「今ここでサインしてやる」

書類を壁に押しつけ、鞄から取り出したペンでサインをした。一枚ポールに投げ渡す。

「これで満足か」

自分用の控えを鞄に入れる。廊下に立つスタッフたちの視線から逃げるように頭を下げ、そのまま店を出た。――こうして仁は、無職になった。

弾《はじ》けるような笑い声に顔を上げる。仕事を終えたのだろうか、仲がよさそうな恋人たちが街灯の下ではしゃぎながら抱きあっていた。

自分以外のみんなが幸せそうに見える。またため息をついて、仁は視線を足元の石畳に落とした。コートのポケットに手を突っ込み、背を丸め、足を早める。自分のことは見ていないだろうが、キスを始めた恋人たちの横を通る時は、そちらを見ないようにした。

店から仁が住むアパルトマンまでは徒歩で約二十分。歩きなれた道を通るのもこれが最後だ。

明日の仕込みの前に店を出たから、いつもの帰宅時間より早い。そのせいか、普段なら閉まっている店にまだ明かりが灯《とも》っていた。それだけでどうにも落ち着かない気分になって、先を急ぐ。

ぱっと見ただけでは区別が難しい、よく似た建物が並ぶ通りに入る。角から三つ目にある、古びたアパルトマンの入口をくぐった。

埃《ほこり》っぽい階段を上がって最上階へ。廊下の突き当たりに仁が住む部屋はある。ドアの鍵を開け、靴を脱いだ。電気を点《つ》けてからスリッパに履き替える。家の中で靴を履く生活にはどうにも慣れなかった。

ワンルームのアパルトマンは、棚付きのクローゼットが気に入って選んだ。メトロの駅から近く立地条件はいいにもかかわらず、相場より家賃が安いのも助かっている。その原因はエレベーターもない最上階であることと、屋根の形に添って天井の一部が斜めに低くなっているせいだ。それでも百七十五センチの仁が屈《かが》まず生活できているから、特に不便とは思わなかった。

脱いだコートをハンガーにかけ、開けっぱなしのクローゼットにしまう。

帰って寝るだけだった部屋だ。家具はテーブルとベッドのみ。服も本もすべてクローゼットにしまえている。キッチンはかろうじて自炊ができる程度だ。荷物はたぶん、スーツケースひとつとボストンバッグに収まる。

ベッドに腰を下ろす。はぁ、と息を吐いたら、急に体から力が抜けた。

今朝この部屋を出る時は、まさか自分がクビになると思ってもいなかった。展開が急すぎて、頭が納得してくれないのだ。

さほど広くはない業界だ。解雇されたとなれば、次の職を見つける時に面倒なことになるかもしれない。

いっそ日本に帰ろうか。実家に身を寄せて職を探すという手がある。そこそこの経歴だから、条件を気にしなければどこかで雇ってくれるだろう。

もちろん、仁にも自分の店を出したいという夢があった。だけど資金面は心許《こころもと》ないので、まだしばらくはどこかで働く必要がある。スポンサーを探して店を持つという選択肢もあるが、そう簡単に見つかるものではない。

まずは働く場所を見つけなくては。すべきことが思い浮かぶのに、動くのも面倒だった。何度目かのため息をついてから、そのままベッドに倒れ込んだ。

悔しさ以上に、情けない。頑張ってきた自分を否定されたダメージがじわじわと襲ってきて、湿った息を吐いた。ベッドの上でごろごろと転がり、やりきれなさをどうにかしようと試みる。だがすぐにそれも虚《むな》しくなった。

幸い、贅沢《ぜいたく》さえしなければしばらく生活できるだけの貯金はある。急がずにじっくり考えよう。

自分にそう言い聞かせると、ほんのわずかとはいえ、気持ちが楽になる。仁は吸い込まれるように目を閉じた。今は何も考えたくなかった。

瞼《まぶた》の向こうが妙に明るい。普段の朝とは違う、そんな違和感が仁を一気に覚醒《かくせい》させた。いつになくはっきりした目覚めだ。服を着たまま変な格好で寝ていたため、体の節々が痛む。時計を見ると、もう職場について作業を始めている時間だった。

遅刻だ。慌てて起きて、でもすぐに、思いだした。自分にはもう、働く場所はないのだ。

昨日のポールとのやりとりが浮かんで、顔をしかめる。朝から気分が悪い。まだ寝ていようと思うが、すっかり体が起きてしまったのでそれもできそうにない。

仕方なく立ち上がり、窓を開けた。曇り空から太陽が顔を出している。目の前の通りを歩く人も車も案外多くて、まるで知らない道のようだ。

しばらくぼんやりと外を眺めていた。せっかく時間があるのに、何をしていいのか分からない。毎日、仕事ばかりをしてきた。それが幸せだった。

いつの間にか手元が薄暗くなっている。太陽を隠しはじめた、グレーの空を見上げた。

この冷えた空気が、灰色に染まった街並みの輪郭をくっきりと見せてくれているようで、好きだった。過去形だ。今はなんだか腹立たしい。

不意にどこかから耳慣れた電子音が聞こえてくる。仁の携帯電話だ。床に置いた鞄に手を伸ばす。

ディスプレイに表示されているのは、昨日まで働いていた店の番号だ。一体、なんの用だろう。首を傾《かし》げつつ、一応出てみる。

「おい、何をしている」

聞こえてきた声には覚えがある。ポールだ。出なければよかった。

「早く出てこい」

続く言葉が信じられず、携帯電話をまじまじと見てしまう。まだ何か言っているが早口で聞き取れない。仁は首を捻《ひね》りながらポール、と呼んだ。

「俺をクビにしたのを忘れたのか。昨日のことだぞ」

「あれは冗談だ」

はは、と笑い飛ばそうとして失敗したような声が返された。

「冗談？　契約解消の書類にサインをさせたのはお前だろう」

「それは……その……」

ごにょごにょと、何か言い訳のようなものが聞こえてくる。単語しか分からず、仁は無言を貫いた。それをどう解釈したのか、ポールの声が上擦る。

「俺も言いすぎた。悪かった、戻ってきてくれ。まだ撤回の期限内だ」

「は?」

怒りのあまり力が入って、携帯電話を壊しそうになる。

「ふざけるな」

なんとか声を抑えて言い、電話を切った。すぐにまた同じ番号から着信する。煩わしいので電源を落とし、携帯電話をベッドに放り投げた。

あれだけ用意周到に準備していたくせに、たった半日程度で戻ってこいと言える神経が信じられない。ふつふつと怒りがこみ上げてきて、仁は意味もなく手を握っては開いた。

これまで誇りを持って仕事をしてきた。確かにスピードは誇れない。ただその分、ロスを少なくしていた。いわゆる高級ショコラの類は、形がとても重要視される。少しでも崩れたものは売り場に並べられないのだ。それを計算して作るから、どうしたって価格は高めだ。

形崩れをなくせば、原価率が下がり、それだけ利益も多くなる。単純なことなのに、ポールは質よりも量だという。アウトレットとして売るならそれでいい。だが失敗作とされたものはほぼ捨てられる運命にある。いい材料を無駄にしてもいいというその考えを、仁はどうしたって受け入れられそうになかった。

だから、これでいい。あの店を、ポールの下で働くことを辞めて正解だ。自分なりの結論にほんの少しだけ体が軽くなった。

湿ったにおいに顔を上げる。ぽつり、と石畳に小さな黒い染みができて、それが少しずつ繋がり、大きくなっていく。雨だ。あっという間に色を濃くした空を見て、仁は窓を閉めた。

ベッドに横たわる。寝よう。ゆっくり眠るという贅沢を堪能《たんのう》するのだ。自分にそう言い聞かせ、仁は目を閉じた。

次に仁が起きたのは、どこかからぐぐっと低い音が聞こえてきた時だ。気になって目を開けた仁は、それの正体がすぐに分かった。

腹が鳴っている。考えてみれば、昨日の昼から何も口にしていない。空腹で当然だ。とりあえず何かを口に入れようと立ち上がる。寝すぎたせいなのか、足がふらついた。壁に手をつきながら、辿《たど》りついた冷蔵庫のドアを開ける。チーズとハムがあったので、切ってそのまま皿に載せた。それからボトルに少し残っていた白ワインをグラスに注ぐ。甘めの軽い口当たりに、チーズとハムの塩気がちょうどいい。手でつまみながらグラスを空にする。

足りない。しかも、体が冷えた。

何か食べるものでも買いに行こう。簡単に身だしなみを整え、財布と鍵を手に家を出る。コートの前を開けたままアパルトマンを出て、すぐに後悔した。前のボタンをきっちりとめ、ポケットに手を突っ込む。

吹きつける風が冷たい。なんで家を出る前に体を冷やしたんだ。数分前の自分に舌打ちしつつ、まずは近くのブーランジェリーへ向かった。

人がすれ違うのがやっとの狭い店を、仁は気に入っていた。目的のバゲットとパンオショコラ、キッシュに人参《にんじん》のラペを買う。

それから数軒先のスーパーで赤ワインとチーズ、ハムにヨーグルトをかごに入れた。いつもなんとなく同じメーカーのものを選んでしまう。

支払いを済ませて帰宅する。今日の仕事を終えようとしている太陽を眺めながら、ワインを開けた。グラスに注ぐと、すぐにすみれの花のような香りが広がる。

テーブルに皿代わりのマットを敷き、バゲットとパンオショコラを置く。ラペとキッシュは店のパッケージのままだ。

人参のラペに入っているレーズンを口に運ぶ。そういえばラムレーズンを使ったボンボンショコラを作ろうと思っていたことを思いだした。あれはどうにか形にしたい。

食事を終えると、日本での催事絡みで知り合った人たちに、店を辞めたことを連絡した。実家にも電話しようと思ったが、時差を考えると両親ともにまだ仕事中なので、やめておいた。

ワインのボトルを半分ほど空けたところで、ピエールからメッセージが届いた。冷蔵庫の最上段の右端にあるボンボンショコラはなんだ、と書かれている。

「あ、……そうか、入れっぱなしだった」

新作の試作品だ。仕上げの段階に入っていたので、スタッフや店頭の試食に出して感想を聞いていた。

「もう必要ないから、食べてくれ、と」

ピエールに返事を出して、再びグラスに手を伸ばす。花咲くようなかぐわしさが柔らかなものに変わっていた。

「……あれ、ワインに合う、かな」

口内に広がる香りを楽しみながらも、ふと頭に浮かんだのは、冷蔵庫に残してきた試作品と、それを口にした一人の男性のことだった。

*

昨日の夕方、仁は店頭に立っていた。

日本人の若い女性が数人で来店し、フランス語が通じないからと呼ばれたのだ。チョコレートが好きだと話す彼女たちへの対応を終え、仁がアトリエに戻ろうとしたその時、一人の男性が店に入ってきた。

モノクロームの店内が、鮮明になった。スーツ姿の男性が、店の空気を一瞬にして変えたのだ。彼は店内を見回した後、仁の立つショーケースに向かって、ゆっくりと歩いてく

る。

すっきりと整った顔立ちは、すべてのパーツがあるべきところに収まっている印象を受ける。色の濃い金髪に、緑の瞳《ひとみ》が美しい。知的で上品で、だけど隠し切れていない鋭さに圧《お》されて、仁は背筋を正した。

男性は冷蔵のショーケースに視線を落とした。並んだショコラを眺める、その姿がまるで映画の一場面のようだった。

ショーケースを見ていた男性が顔を上げる。目が合った。吸い込まれそうな瞳に、仁はその場で固まった。

「質問がある」

声をかけられたのが自分だと気がつくまで、数秒かかった。

「はい、なんでしょうか」

店頭にいるスタッフが接客中だったので、仁はショーケースを挟んで彼の前に立った。

「ボンボンショコラが欲しい」

くせがない、お手本のようなフランス語だった。聞き取りやすくて仁にはありがたい。

「どういったものがお好みでしょうか」

大雑把に分類すると、ボンボンショコラにはカカオの風味が強めのダークタイプ、甘みが前面に出るミルクタイプがある。この店はダークショコラが主流だ。中身はチョコレートと生クリームを合わせて作るガナッシュやナッツ類のペーストを使うプラリネが多い。

「こちらがノアール、カカオの香りを楽しめます」

並んだボンボンショコラを一粒ずつ、説明していく。さりげなく質問して反応を見る限り、彼の好みはダークチョコレートとガナッシュの組み合わせだと推測した。

「この二つの違いは？」

スクエア型のボンボンショコラの違いを問われ、

「赤い点があるものはフランボワーズ、黄色のラインが入ったものはオレンジのガナッシュです」

丁寧に答える。自分が作ったものなので、何を聞かれても迷うことはない。

「なるほど」

頷きながらも男の目がショーケースから離されることはない。

同業者だろうか、と仁は男を観察する。

男の手は、大きく節くれだっていて、指先まで手入れが行き届いている。爪《つめ》は少し長めだ。ショコラティエとして働いている手ではない。どこかの店のオーナーだろうか。

「ここにあるものを全部いただこう」

全部。ショーケースに並んでいるのは二十二種類が、それぞれ大体十五個ほどだ。

「ありがとうございます。ただいまご用意いたしますので、少しお待ちください」

ボンボンショコラを並べたトレイを取り出す。詰め方は任せると言われたので、一番大きな箱を用意した。

「……これをお願い」

手の空いたスタッフに包装と会計を任せて、仁はアトリエへ戻った。

冷蔵庫から試作品のボンボンショコラを取り出し、小さなリーフ型の皿に置く。本来ならば半分にしたものを出すのだが、今はその時間が惜しい。

「お待ちの間、こちらをどうぞ」

ショーケースの脇《わき》に立つ男性の前へと戻り、皿を置いた。

「これは……？」

「来月発売予定の新作です。洋梨《ようなし》の風味をお楽しみください」

楕円《だえん》形のショコラは、ダークチョコレートのガナッシュに、洋梨のコンポートを混ぜたものだ。

「もしかして、君がここのショコラを作っているのか？」

男は仁の白いユニフォームがショコラティエのものだと気がついたようだ。

「はい」

「そうか。君が、これを」

納得したように頷いた彼は、皿に目を向けた。

「いただこう」

小さなボンボンショコラを口に運ぶ、その仕草がとても優雅だ。一口齧《かじ》ってから少し目を細め、間を置いて残りも食べた。

「……おいしい」

表情をわずかに緩めた彼が口にしたその一言は、仁が幸せになれる言葉だった。

「ワインに合いそうだ」

「ありがとうございます」

洋梨を赤ワインで煮て食べるレシピがあるのだから、相性がいいと思って作っている。それでも、改めて誰かに言われると嬉《うれ》しい。

「君の名前を教えてくれ。私《わたし》はジェラールという」

よく聞く名前だ。スタッフにも同名がいる。そもそもフランス人は、名前のレパートリーが少ない。よろしく、と差し出された手を握る。

「ジンです」

フランス語のテキストの、かなり最初にあるようなやりとりだと思った。それなのに妙に緊張して喉《のど》が干上がりそうなのは、彼がじっと仁を見ているせいだろうか。

彼の手は温かい。いや、自分の手が冷え切っているのかもしれない。とにかく、じんわりとした熱が、仁の鼓動を乱した。

握手というにはいささか長い間の後、手が離れる。そのタイミングでスタッフが会計を申し出た。ボンボンショコラは箱詰めを終えている。

「お待たせいたしました」

商品を詰めた紙袋を手に、彼の元へ近づく。会計をカードで済ませた彼の横に立つと、ふわりと青リンゴのようなさわやかさが香る。控えめな香水を好ましく思った。

「ありがとうございました」

ドアはスタッフが開けた。袋を手渡すと、彼は少しだけ微笑《ほほえ》み、店を出て行った。ドアの閉まる音と同時に、店内のどこか張りつめていた空気が、一気に解ける。

「王子様だわ」

接客した女性スタッフの目が輝いている。

「そうだね、王子様だ」

確かにその単語が彼にはよく似合っていた。たくさん買ってくれたけれど、口に合うだろうか。

もしまた顔を合わせることがあったら、ボンボンショコラの感想を聞いてみたい。そんなことを考えながら、仁はアトリエに戻った。

*

手にしていた携帯が震えている。ぼんやりと昨日のことを思いだしていた仁は、届いたメッセージに意識を向けた。

「……あ、よかった」

試作品を食べたピエールからだ。出来がいい、すぐ店頭に出せないのが悔しいと書かれていて、頬が緩んだ。今回は店に出せないけど、いつかもっとブラッシュアップして、食べてもらいたい。

放りだしていたノートを手にとる。乱暴に破いたせいで、不格好になったそれを開き、最後のページに書かれているレシピをそっと撫《な》でた。


「……うるさい」

無職になって四日目。毎朝、ポールからの電話で目が覚めるせいで、仁は朝がすっかり嫌いになっていた。

出るまで何度もかかってくるので、仕方なく今日も出てみる。

「ジン、今日は出勤しないか」

「……何故《なぜ》だ。俺をクビにしたのはお前だろう」

欠伸《あくび》混じりにそう返した。

「あれはその、……とにかく今は、状況が変わったんだ」

言葉を濁される。仁はわざと大きくため息をついた。なんでわざわざ、自分が辞めさせたくせにしつこく電話をかけてくるのだろう。ポールが何をしたいのか、さっぱり分からない。

「辞めろと言ったのはお前だ」

自分がこんなに冷たい声を出せるなんて知らなかった。

「じゃあ再び契約しよう、それでどうだ?」

「断る。冗談じゃない」

「そう言わずに来てくれ。お前がいないと困る」

なぁ、と猫撫で声を出されて、鳥肌が立った。

何故ポールの態度がここまで変わったのかは分からない。聞く必要もないだろう。

契約解消という形で自分がやってきたことを否定され、仁のプライドは傷つけられた。

その相手に譲歩するほど落ちぶれてはいない。

「何を言われても行く気はない。もう電話をかけてくるな」

電話を切り、面倒なので電源も落とした。それでも苛立ちが残っていて、もう寝られそうにない。

頭をかいて大きく伸びをした。妙に頭がすっきりしている。今の内に面倒なことは片付けてしまおうと、鞄に入れたままだった書類を取り出した。

雇用契約を解消した場合に何をすればいいのか調べる。そこで分かったのは、契約解消の契約書はサインしてから十五日以内なら、店側《がわ》からも撤回が可能ということだった。

仁は行儀悪く舌打ちした。ポールの言い分も合法ではあったのだ。かといって、ここで店に戻るという選択肢はもう脳内にはない。まずは労働監督局に相談に行こうと決めたところで、今日は土曜日だと気がついた。相談は週明けにしよう。

喉が渇いたので冷蔵庫を開ける。ここ数日、水代わりに飲んでいたワインを今は飲む気がしなかった。ガス抜きのミネラルウォーターで喉を潤す。

だらだらと過ごしていた三日間が嘘《うそ》のように、やる気が出てきた。たっぷり寝たおかげだろうか。

バゲットを焼いている間にノートパソコンを起動し、メールを確認する。友人から、日本に帰ってくるなら仕事を紹介するという連絡があってほっとした。

簡単な朝食を終え、さて何をしようかと部屋を見回した。趣味を仕事にしたため、これといってすることもない。

これまで休みの日は何をしていただろう。評判の店に行ったり、本を読んだり、と一人で過ごしていたような気はするが、よく覚えていない。プライベートより、仕事が充実していたのだ。

まだやる気が残っていたので、外へ出よう。そう決めたらすぐに支度をして、久しぶりにメトロに乗った。向かったのはパリの中心部だ。

観光客の気分で周囲を歩き、なんとなく見つけた美術館に入る。画家の自宅を改装したという館内にはところせましと絵が並んでいて圧巻だった。

絵画のことはよく分からない。それでも何か感じたことが仕事に活《い》かせる気はした。

小一時間ほどで外へ出て、見てきた絵の中でどれが一番好みだったかを考えていると、カフェを見つけた。ゆっくりするのもいいかと中へ入り、ショコラショーを頼む。

窓際の席に座り、ぼんやりと街行く人を眺める。少しして運ばれてきたカップに口をつけた。

ショコラショー、つまりは温かいチョコレートドリンクだ。ココアとは違う甘さが、そもそもチョコレートの始まりが飲み物だということを再確認させてくれる。

この店は少しミルクが多すぎだな、と考えてから、そんな分析のために店に入ったのではないことを思いだした。今日くらい仕事を忘れて、純粋に楽しもう。そう決めて、椅子《いす》に深く背を預ける。

窓の向こうでは、観光客らしき集団が楽しそうにエッフェル塔をバックに写真を撮っていた。

自分も初めてエッフェル塔を見た時は、感動してすぐに写真を撮った。あの時の高揚感がもうないことに気がついて、急に寂しくなった。

腕時計をする習慣がないため、携帯電話で時間を確認する。ピエールから店が大変だ、というメッセージが入っていた。

「頑張れ、と」

短く返信する。ちょうど休憩時間だったのか、すぐに『俺も来月で辞める』と返ってきた。仁の代わりにチーフとなったものの、ポールの横暴さについていけないらしい。何度かやりとりをして彼を無責任に励ましてから、ショコラショーを飲み干した。

カフェを出て特に目的もなく歩いていると、日系の大型書店の前に出た。そういえば最近、日本語の文字を読んでいない。ちょうどいい機会だと思って、中に入る。

雑誌コーナーをざっと見た。いわゆるグルメ雑誌の表紙は、かつ丼《どん》のアップだった。おいしそうだ。無性にかつ丼が食べたくなった。しょうゆの味が恋しい。思い浮かべたらすぐにでも口にしたくなる。手にとって中を見る。どの写真の料理もおいしそうだ。

何かしょうゆ味のものが食べたい。そんなことを考えながら文庫本のコーナーを見て回ったせいで、食べ物のエッセイを手に取っていた。

会計を済ませて書店を出る。とにかく今はかつ丼が食べたい。親子丼とかすき焼きとか、と頭に浮かぶのはしょうゆ味のものばかりだ。

日本に帰ったらすぐ食べに行こうと考えながら、メトロに乗った。こんな時、友人でもいれば飲みに行こうと誘うのだが、あいにくそこまで親しい相手はもうパリにはいなかった。

最寄りの駅で降り、既に商品の少なくなったブーランジェリーでバゲットを買う。あとは帰るだけだ。

吹きつける風が冷たくなってきた。薄暗い道を急ぐ。角を曲がったところで、仁は目を細めた。アパルトマンの入口を塞《ふさ》ぐようにして、見慣れない高級車が停《と》まっていた。

ゆっくりと近づく。さりげなく中をうかがうと、スーツ姿の運転手がいた。目を合わせないようにそそくさと入口へ向かう。あやしい雰囲気には近づかないに限る。

足音が響かないように階段を上る。最上階のフロアに辿りつくと、廊下の奥に一人の中年男性が立っていた。きっちりと着込んだ仕立ての良《い》いスーツ姿で、背筋がぴんと伸びている。

男性とドアを見比べる。彼が立っているのは、仁の部屋の前だ。これは警戒すべきかと、仁はバゲットの入った袋を持ち直した。わずかに立てた音に気がついたのか、男性がこちらに顔を向ける。

「ジン・ハンダ？」

中年男性は仁を見てそう言った。

「どちら様で？」

肯定せずに聞き返す。すると彼は、目元を緩めて微笑んだ。

「はじめまして」

柔らかな笑顔がかえってあやしい。仁は後ろへ下がった。いざとなったら持っているバゲットと文庫本をぶつけて階段を駆けおりよう、と脳内でシミュレートする。

「これは失礼しました。私はランヴァルド王国の国王陛下の秘書官を務めております、シーグバーンと申します」

恭しく差し出された名刺は、やけに立派なものだった。右隅に金で印刷された紋章らしきものがある。

「ランヴァルド……」

聞いたことがある国の名前だ。歴史のある小国で、今は観光地として有名だったはず。バカンスシーズンをそこで過ごすのが富裕層のステイタスだと、確かピエールに教えてもらった。

「それで、ランヴァルド王国の方が、どうしてここに」

名前を知られるような繋がりはないはずだ。名刺とシーグバーンと名乗った男性を見比べる。道路に停まっていた車も関係者だろうか。

「……」

シーグバーンは何か言ったが、聞き取りづらくて何も返せない。首を傾げていると、彼は丁寧に言い直してくれた。

「国王陛下があなたに会いたいそうです。時間をください」

嚙《か》んで含めるようなフランス語の、意味は分かった。だけど内容が理解できない。

「俺はそんな偉い方と知り合いではありません。人違いじゃないですか」

「そんなはずはございません。お名前もお住まいも教えていただきました」

そう言って、シーグバーンは仁が辞めたばかりのショコラトリーの名前を口にした。

「店に……？」

「はい。お店に行ったのですが、お休みと聞きました。それならばご自宅に伺うのが早いと思いまして」

なんとなく話が繋がった。ポールが契約を解消した自分に電話をしてきたのは、彼らが問い合わせたからだろう。

だからといって勝手に住所を教えるなんて、個人情報の扱いはどうなっているのか。心の中でポールに悪態をついてから、仁は背筋を正した。

「どういったご用件でしょう」

「こちらを」

蜜蠟《みつろう》で封がしてあった。時代を間違えたような、仰々しい招待状だ。宛名《あてな》はちゃんと、仁のフルネームになっている。ということは、人違いではなさそうだ。

「申し訳ありませんが、忙しいので……。お引き取りください」

　バゲットと本を持っていては説得力がない気もしたが、そう言うしかなかった。だがそれくらいでは引いてもらえない。

「とにかく、一緒に来てください。お願いします」

　深々と頭を下げられる。階段を上がってくる足音が聞こえて、仁は振り返った。何度かフロアで見かけたことがある男が、こちらを訝《いぶか》しげに見ている。

　ここで騒ぎを起こすのは避けたい。それに今日は別に用事があるわけではないのだ。

「……とりあえずこれ、中に置いてきていいですか」

　手に持っていたバゲットと文庫本が入った袋を掲げる。シーグバーンは大きく頷いた。

「もちろんです。ここでお待ちしておりますので、ぜひご準備を」

　はぁ、と曖昧《あいまい》に返事をしながら、鍵を取り出した。ドアを開ける。

「ちなみに、どこへ行くんですか?」

「名前は申し上げられませんが、パリ市内のホテルでございます」

「分かりました」

　シーグバーンを廊下に残し、中へ入る。国王が宿泊しているというのだから、高級ホテルだろう。穿き古したデニムにニット、コートで行ける場所ではないのは確実だ。

袋を床に置き、クローゼットを開ける。私服で過ごす時間が短かったため、仁はろくな服を持っていなかった。

とにかく少しでもましな格好をと、持っている中で一番高いジャケットとスラックスを身につける。随分と緩くなっていたので、ベルトの穴はひとつ縮めた。これに合う靴は一足だけなので選ぶ余地はない。表面をさっと拭いて履く。

何を持っていけばいいのか見当もつかない。手ぶらでは失礼かと思いつつ、ちょうどいい鞄もないので、財布と鍵と携帯電話、ハンカチにコートを持った。

「お待たせしました」

支度を終えて家を出る。鍵をかけ、階段を下りていくシーグバーンに続いた。

アパルトマンの前に停まっていた車の、後部座席に案内された。おとなしく乗り込む。シーグバーンは助手席に乗ったため、一人きりだ。

外からは車内が見えなかったが、乗ってみれば外の様子はよく分かる。車はパリの中心部へ向かっていた。夕方ということもあって道は混《こ》んでいて、どうにも騒がしいのに、車内はとても静かだ。

オペラ座の前を通りすぎ、エリゼ宮が見えてくる。すぐ近くのホテルが目的地だ。市内でも有数の高級ホテルの、ライトアップされた正面エントランスに車が停まる。ドアが開《あ》けられ、降り立った瞬間、洪水のような光で飾られたドアがあった。ドアマンの慇懃《いんぎん》な挨拶《さつ》に圧倒されつつ、回転ドアを抜けてホテルの中へ。

宮殿と見紛《みまが》うロビーだった。ぴかぴかに磨かれた床はまるで鏡だ。物珍しさに立ち止まると、すぐ横に誰かが立った。シーグバーンだった。

「こちらへ」

シーグバーンに続いて、奥へと進む。赤い絨毯《じゅうたん》が敷かれたエレベーター前を通りすぎ、螺旋《らせん》の階段を上がった。そこにまたエレベーターがある。迷いなくボタンを押すシーグバーンについていくことしかできないので、やってきたエレベーターに乗り込んだ。

渋い金色に輝く箱の中で、会話はなかった。箱が開き、どうぞと言われて廊下へ。壁際に立っているのは、どう見てもＳＰだ。鋭い眼差《まなざ》しを向けられ、何もやましいことはないのに目を逸らしてしまう。

とんでもないことになってきた。背筋を冷たいものが伝った。右手と右足が同時に出そうになる。

突き当たりの部屋に案内されてほっとした。ドアを開けると小さな部屋になっていた。

「コートをお預かりします」

「はい」

有無を言わさぬ口調だった。シーグバーンにコートを預け、中へ入る。

天井が高く、まぶしいくらいに白い部屋だ。仁が住む部屋の数倍の広さはあるだろうか。応接用なのか、スクエアのテーブルを囲むようにして白いソファと、猫脚の赤い椅子が置かれている。

「こちらでお待ちください」

後ろからやってきたシーグバーンに促されるままソファに腰掛けた。彼は一礼すると奥のドアへと消える。

少しして、ホテルのスタッフらしき男性が、紅茶を運んできた。目の前に置かれたものの、口をつける気にはならなかった。

何が起きるのだろう。そわそわと落ち着かない気分を持て余し、室内を見回す。どれだけ時間が経《た》ったのかは分からない。長かったような気はしたが、もしかするとほんの一瞬だったのかもしれない。奥のドアが開いた。

「あなたは……」

出てきた男に見覚えがあった。先日、ショーケースのボンボンショコラを買ってくれた人だ。試作品をワインに合うと言ってくれた、確か……。

「ジェラール？」

立ち上がると同時に彼の名を口にする。

「覚えていたか」

こちらへ向かって歩いてきた彼は、仁の前に立つと片手を差し出した。先日と同じ、青リンゴのような香りだ。わずかな甘さを含む若々しい強さが彼にはとても似合っていた。

「わざわざ来てくれてありがとう。礼を言う」

さわやかだけれど、どこかに鋭さを残す微笑みに圧倒されつつ、手を握る。

「反田仁です。先日はその、……ありがとうございました」

この人が国王なのか？　それにしては若すぎないだろうか。よく分からないので、とりあえず無難な言葉を選んだ。

「君が作ったボンボンショコラはどれもおいしかった。なぁ、シーグバーン」

手を離したジェラールは、斜め後ろに向けてそう言った。いつの間にかシーグバーンが控えている。

「ええ、とても」

シーグバーンの態度からしても、彼が国王なのだろう。二人の視線を向けられ、仁は俯《うつむ》いた。

国王だと知っていれば、もっと違う接客をしていたかもしれない。知らなかったからしょうがないとはいえ、失礼がなかったか気にかかる。

「急に呼びつけて申し訳ない。時間がなくてね」

猫脚の椅子に座ると、ジェラールは微笑んだ。

「まあ座って」

言われるまま仁はソファに腰を下ろした。向かいあってみると、オーラとでもいうのか、まとう空気が力強い。自然と背筋が伸びる。

ジェラールの前にシーグバーンが紅茶を置いた。沈黙の間、どうにも見られている気がして落ち着かない。

「私はショコラが好物だ」

ゆったりと前で手を組み、ジェラールが口を開く。

「時間がある時、ショコラトリーを見つけたら買物をすることにしている。君のように店頭にショコラティエがいてくれると話が聞けていい。ショコラも好みだった。特に試食した洋梨のショコラは絶品だ」

「そう言っていただけると嬉しいです」

試作品を褒めてもらい、仁は表情を緩めた。ストレートな賛辞に緊張が少し解けた。

「あの味が忘れられず、翌日にまた店へと行ったのだが、君はいなかった。それでもこの店の味ならばと別のボンボンショコラを買ってみたのだが……」

はぁ、とジェラールはため息をついた。

「話にならん。まったく味が違った。そんなに変わるものなのか？」

「そんなことはないと思いますが……」

仁と共に仕事をしてきたピエールが作っているならば、そんなに味が変わるはずはない。仁は軽く首を傾げた。

「いや、あれは口当たりがまったく違った。それで詳しく聞いてみれば、君は休んでいるというではないか。翌日に出直しても同じことを言われた。……間違いはないか？」

答えに詰まり、仁は黙った。ふわりとさわやかな香りが鼻をくすぐり、ジェラールが近づいたのだと知る。

「おかしいと思って調べさせた。君は店を辞めているそうだね」

「はい」

嘘をつく必要もないと思い、頷いた。どうしてそこまで調べているのかが気になり、顔を上げる。ジェラールはカップを手に取り、紅茶に口をつけた。

「しかも突然辞めたと聞いた。つまり君には今、時間がある」

「多少はあります」

ジェラールが何をどこまで知っているのか分からず、仁は続く言葉を待つ。ジェラールと目が合う。その瞳に吸いこまれそうで、思わず息を呑《の》んだ。

「まどろっこしいやりとりは面倒だな。端的に言う。君に仕事を依頼したい」

「仕事？　私に、ですか」

わざわざ国王が直々に依頼する仕事とは何か。仁は急に鼓動が激しくなるのを感じた。手に汗が滲《にじ》む。

「まずは来月に行われる定例の晩餐会《ばんさん》で、来賓への土産を作って欲しい。そして同じものを売る店を、ランヴァルドに出してもらいたい」

晩餐会。来賓。店。聞こえてきた単語に耳を疑う。仁は必死で自分は何か聞き間違えたのかと考えた。

「店の場所は一等地を用意する。費用も気にしなくていい。独立が不安なら、今までいた店の倍の給料を出そう」

テーブルに視線を落として考える。

聞いている限りでは、ジェラールから提示されたのは素晴らしくいい条件だった。それが逆にあやしい。どうして自分がこんな話を待ちかけられているのか？　自分では力不足だろう。

「……考えさせてください」

口にできたのはそれくらいだった。きちんと断らなければ意思表示ができないと思われてしまうと分かっているが、この場で断れる勇気が仁にはなかった。

「考える？　何故？」

断られることを想定していなかったのか、ジェラールが眉を寄せた。笑みが消えると、整った顔立ちが冷たく見える。

「それは……」

「何が不満だ？　ああ、パリにいたいなら、こちらに店を構えてもいい。君が希望する立地を探そう。その場合も、本店はランヴァルドになってしまうのだけは了承して欲しい」

すごい話になっている。パリはショコラトリーの激戦区だ、そこに店を出してもいいなんて。

仁は軽く唇を噛んだ。あやしい。あやしすぎる。

自分に失うものはないが、かといって、これだけ恵まれた条件を提示されて、すぐに信じられないのも事実だ。しかし疑っていると口にするのは憚《はばか》られた。相手は国王だ。失礼があってはいけないと考え、ちょうどよさそうな理由を口にする。

「日本に帰ろうと思っています」

嘘ではない。この数日、考えていたことだ。

「いつの予定だ？」

「それは……まだ決まっていません」

すかさずジェラールに問われ、うまくごまかせなかった。

「なるほど。それでは少し、君の時間を貰えるかな。見せたいものがある」

ジェラールは立ち上がり、部屋の脇に控えていたシーグバーンに、仁の分からない言葉で何か言った。

「準備は間に合うようだ。食事をしようか」

「いえ、私はここで……」

ここで帰れば話が終わる。そう思って断ったが、ジェラールは肩を竦めただけだった。

「少しお待ちください」

仁はソファから立ち上がった。帰ろうと思ったが、ドアの前に移動していたシーグバーンに阻まれる。彼を押しのけるような非礼を働くわけにもいかず、頭をかいた。さて、どうしようか。

「何か苦手なものはございますか」

シーグバーンに丁寧に問われ、何もないと答える。これはもう、食事をしないと帰してもらえない流れではないか。

「行こう」

有無を言わさぬ口調でジェラールが言った。仕方なく、仁も彼に続いて部屋を出る。

コートはシーグバーンの手の中だ。

食事の席で、正式にお断りしよう。ありがたい話だが、自分に都合がよすぎて信じられない。

さてどんな風に断ればいいのか。考えながら歩く廊下にはＳＰが控えていて、どうにも動きがぎこちなくなる。そんな仁とは違って、ジェラールは彼らを気にするそぶりもない。

ジェラールは豪華なホテルのエントランスに降り立つ姿も堂々としている。支配人らしき男性がジェラールに寄ってきた。にこやかに言葉を交わしている二人からそっと離れる。どう見たって自分は場違いだ。

すぐそばに立つシーグバーンの手には仁のコートがある。これを貰ってそのまま帰ろうか、と往生際の悪いことを考えていると、おい、と声をかけられた。ジェラールが不思議そうにこちらを見ている。

「どうした、来い」

周りの視線が自分を値踏みしているように感じられて、非常に気になる。歩きだしたジェラールを早足で追いかけた。

その場にいたホテルのスタッフ全員に見送られるような形で外へ出る。夜の気配が強い。冷たい風に体を竦めた。コートを着させてもらえばよかったと後悔した。

「どうぞ」

ここへ連れてこられた時と同じ車が正面に停まっていて、シーグバーンがドアを開けた。ジェラールに促され、彼に続いて車に乗り込む。車内は適温で、ほぅ、っと息を吐く。

「寒かったか」

ジェラールが口元を緩めた。はいとだけ言って頷いておいた。

窓の向こうを見ていると、前後に一台ずついる車にもシーグバーンが声をかけたから、関係車両なのだろう。彼が助手席に乗り込むと、車は静かに動き出した。一定の間隔をとって、三台の車が夜のパリを走る。

賑《にぎ》やかな通りの様子を眺めながら、仁は心の中でため息をついた。どこへ連れて行かれるのだろう。高級な店であることは間違いない。頭の中で知っている限りのマナーを復唱した。

「君が作った洋梨のショコラは、店を出ても味が口の中に残っていた。何が違うのかな」

隣に座っていたジェラールの声で、現実に戻される。

「あれはカカオの風味を強くだすため、ガナッシュにバターを使わずに作りました。その分、口どけは遅くなってしまいますが、洋梨のコンポートの余韻を味わっていただくにはちょうどいいかと思って」

「なるほど。確かにあの余韻は素晴らしかった。部屋に戻ってすぐブルゴーニュのワインを開けたよ」

目を細めて笑いかけられる。随分と柔らかい表情に、仁もつられて微笑んだ。

「ありがとうございます。……あれが気に入っていただけたなら、何よりです」

「ああ、とてもおいしかった。また食べたい」

少し照れたような顔を向けられる。ジェラールと店で最初に会った時も、彼はこんな風に笑っていた気がする。ショコラの話をすると印象が優しくなるようだ。それだけ好きなのだろう。

「……ひとつ、お聞かせください」

仁は思い切って切り出した。視線に促され、失礼にならない言葉を探して口を開く。

「どうして私にお声をかけてくださったんですか」

「君の味が好きだからだ」

すぐに返された内容はストレートで、仁は頰がかっと熱くなるのを感じた。

「あ、ありがとうございます」

声が震えるのを隠したかったのに、失敗した。ジェラールの視線を感じて俯く。褒められると羞恥《しゅうち》を覚えてしまうのは何故だろう。

どちらも黙ったので、車内は静かだ。だが沈黙に怯《おび》えるよりも、仁は平静を取り戻すことに必死だった。褒められることに免疫がなさすぎるのが情けない。

ぽつぽつとジェラールがショコラのことを聞いてきて、それに答えているうちに、小一時間が経った。車はなんとなく見覚えのある道を通っている。たぶん空港方面だとあたりをつけた。気に入っている店でもあるのだろうか。

「……空港……」

車はライトアップされた施設に向かって走っている。シャルルドゴール空港だ。この中にある店だろうか、と考えたものの、駐車場は通り過ぎた。そのまま、ターミナルを通り抜けて曲がる。

　減速した車は、金色で縁取られた黒いドアの前で停まった。ここはどこだろう。車から降りた仁は、聞こえてきた音の方向を見た。

「あ……」

　駐機していた飛行機が動きだしている。その機体越しに、滑走路が見えた。これは出発前にターミナルから見る景色に似ている。

「嘘だろ……」

　黒いドアが開く。まばゆい銀色の空間に目はすぐ慣れなかった。

「こっちだ」

　動けないでいる仁の肩をジェラールが叩く。よく分からないまま、仁は彼についていく。銀色のエスカレーターを上がると、重厚なドアの前に女性が立っていた。にこやかな挨拶にジェラールは頷いた。

　ドアの向こうは、雑誌で見たような高級感溢《あふ》れる空間だった。ぴかぴかに磨かれた床、革張りのつやつやしたソファ、モダンなテーブル。全体が光を放っているようでまぶしい。ジェラールにはぴったりだが、明らかに自分は浮いている。空港にこんな場所があるなんて知らなかった。

「すぐに出せるのか」

ジェラールが女性に問う。

「はい、ご用意できております」

「そうか。……では行こうか」

ジェラールに微笑まれて、仁は戸惑いのまま聞いた。

「どこへ行くんですか？」

ここは空港、しかも駐機エリアの近くだ。まさか食事のためだけにどこかへ飛ぶのか。想像しただけで、背筋に冷たいものが流れた。

「ランヴァルドだ」

あっさりと返された内容に、

「は？」

思わず間の抜けた声が出た。ランヴァルド、それはジェラールの国だ。

「パリからだと約二時間だ。ゆっくり食事ができるだろう」

「ま、待ってください。私はパスポートを持ってきていません」

ごく普通の外出と同じだけの荷物しか持っていない。これでフランスから出るのは躊躇《ためら》われる。

「用意させた」

だがジェラールはあっさりとそう言った。

「は？　そんなことできるはずが……」

「こちらでございます」

脇に控えていたシーグバーンの手には、日本のパスポートがあった。

「それは……」

「お話し中に、鍵を拝借いたしました」

しれっと言ったシーグバーンは、仁の手にパスポートを載せると、一歩下がった。彼の顔とパスポートを見比べる。

「そんな……犯罪ですよ……」

話し中というから、たぶんホテルでコートを預けた時に鍵を抜かれたのだろう。

「パスポートコントロールは不要だが、念のために持っているといい。——では行くぞ」

女性に先導され、奥にある扉の前へ進む。そこが開くと、目の前に小型機が停まっていた。機体には、シーグバーンの名刺にあった紋章と同じものが描かれている。これはもしかしなくても、専用機だろう。

ジェット機が近くにいる。明るいボーディングブリッジを歩く人が見えた。

よく分からないまま、階段を上がって小型機に乗り込む。機内には二人掛けのシートが六列ほどあった。一番後ろのシートは広めで、そこにジェラールと並んで座るように言われる。

おとなしく座ったシートは、柔らかすぎず硬すぎず、体を預けるのにちょうどいい。ベルトを締める。

そこから先は、何が起こったのかよく分からなかった。気がつけば空の上だった、というのが正直な感想だ。

だって、仁がこれまで経験してきた飛行機とは、何もかもが違ったのだ。機内は関係者ばかり、アナウンスも簡潔。滑走路に向かうとすぐに飛び立ち、地上が遠くなる。揺れはほんの少し、上昇する時に感じる体が浮くような感じもなかった。

これは現実なのか。ぼんやりとシートに体を預けたままそう思っていると、機内が明るくなった。

シートはほぼ埋まっていた。ＳＰたちが前に座っている。仁の前列にはシーグバーンがいた。

前方にいた制服姿の女性が立ち上がり、近づいてくる。アテンダントらしい彼女は、ジェラールの次に仁へ飲み物を聞いてきた。何がいいのかも分からないので、ジェラールと同じものにしてもらう。

シートの前にテーブルが用意され、食事が始まった。まずシャンパンが運ばれてくる。さわやかで軽い口当たりは、仁が普段口にするものとは明らかに違うおいしさだった。

スプーンに盛られた前菜にサラダ、スープとどれも美しく飾られている。少しソースは濃いめだが、素材の味も感じられて申し分ない。

ちらりと確認した機内は皆が同じメニューのようだ。さすがに仁も自分が賓客扱いされているのは分かっているが、料理は一緒でよかった。ほっとしつつ、キャビアがたっぷり盛られた鯛《たい》を食べ終え、レモンのソルベで口直しをする。

機内は静かだった。ジェラールが時折、味について仁に聞いてくるくらいだ。だがその静けさが心地よかった。

よく考えてみれば、こんなにちゃんとした食事をとるのは久しぶりだ。普段はもっと簡素なもので済ませていた。そのせいか、メインのフォアグラにフィレ肉は少し重たかった。

チーズとフルーツは断り、コーヒーを口にする。そこへボンボンショコラのプレートが運ばれてきた。

「さて」

チーズを摘《つま》んでいたジェラールは、長い脚を組んだ。

「何故君を選んだか、きちんと説明しよう」

ジェラールは沈痛という表現がぴったりくるような顔で続けた。

「実は我が国は今、危機的な状況にある」

「危機的？」

一介のショコラティエには重すぎる話じゃないのか。いやな予感がする。

「口で説明するより、これを食べてみて欲しい」

皿には、ボンボンショコラが五種類並んでいる。形は違えども、どれもよく見るタイプのものだ。これのどこが危機的なのだろう。

「感想を聞かせてくれ」

仁は女性スタッフにお願いして、水を貰った。それで口の中をすっきりさせてから、オーソドックスなトリュフをつまむ。齧るとガナッシュが柔らかく溶けた。

「……おいしいです」

作ってから時間が経っているのだろう、乾燥気味で口当たりが気になる。だがその程度だ。カカオの香りは鼻に抜けていて、悪くない。

「そうだろう？　その横も食べてくれ」

逆らう理由もないので、水を飲んでから次のスクエアタイプをつまんだ。齧った途端に、ローズマリーの味が広がる。

「くせはつよいですが、個性的でおいしいです」

これは好き嫌いが分かれる味だ。少なくとも日本では苦手な人が多いだろう。

「個性的、か。いい表現だ。ではその、長方形のものはどうだ」

言われるまま、長方形のボンボンショコラを口に入れる。齧ってすぐ、ダークチョコレートのガナッシュが舌の上にとろりと広がる。甘さはかなり控えめだ。特にこれといって気になるところはない。無難な味だと思うので、正直にそう言った。

「だがそれは酷評されている」

「……これも、ですか」

パリのショコラトリーに並んでいてもおかしくないレベルのものだ。これが酷評されるということは、仁が知らないだけでランヴァルドという国のショコラティエはハイレベルなのか。

「先月の晩餐会で出した。来賓に出すのは失礼ではないか、と新聞に書かれてしまった」

「そこまで言われるほどとは思えませんが……」

さすがにひどい言われようだ。自分が作ったものではないとはいえ、それなりの味が認められないことに心が痛んだ。

「そうなってしまったのにも理由がある。実はこれを作ったショコラティエが、勝手に『国王推薦』と名乗って店を出してしまった」

ジェラールはため息をついた。

「店の前に行列を作っては付近に迷惑をかけたせいで、批判されたのだろう。こちらも勝手に私の名前を使われては困ると注意をした。しかし店を辞めさせるまでに数ヵ月かかっ

てしまい、その間に我が国では来賓にもろくなショコラを出せないというのが事実のように広まってしまった」

「それは……ひどい話ですね」

一ショコラティエの行いが思わぬ方向に進んだ結果に、仁も眉を寄せた。とても他人ごとではない。

「私を批判するのがそれくらいであるならば、平和な国ということになる。しかしまあ、黙っているのも気に入らない。それで他《ほか》のショコラティエを探したのだが……」

ジェラールの説明によると、ランヴァルドにはショコラティエが少ないのだという。国の食文化が家を基本にしており、外食産業は未《いま》だ発展途中にあるのがその理由らしい。

「私が生まれた頃まで、夜に温かいものを食べる習慣はなかった。夕食とは、家族が揃《そろ》ってから冷たい料理を食べることだった」

休日や日が沈んでからは、火を使わず料理する地があったと聞いた記憶がある。話を聞く限り、ランヴァルドという国は食事に関してかなり保守的なようだ。

「それでショコラティエを探していた時に、君の味と出会った。しかも君は日本人だろう？　我が国の食の好みは日本と似ている部分があると聞く。君なら我が国の、そして私の名誉を回復してくれるのではないかと思って」

期待している、と言われた。仁は答えず、曖昧に笑う。

どうしよう。まるで自分が引き受けたみたいな流れになっている。断るつもりなのに、それを言い出せず手を握ったり開いたりした。

食事のつもりがランヴァルドまで連れてこられた。どうやって断れば角が立たないのか。必死で考える仁の前から飲み物や皿が片付けられ、テーブルもなくなった。窓から見える地上のライトが少しずつ大きくなる。

機内アナウンスの内容は分からないが、たぶん着陸態勢に入るのだろう。女性スタッフが席に着いてベルトを締める。

飛行機が高度を下げていく。着陸はスムーズだった。音と軽い振動のみで、機体は地面を走り出す。

しばらく走った後、ターミナルらしき建物の前で機体が止まった。すぐにドアが開く音がして、前方に座っていたSPが降りる。立ち上がったシーグバーンに促され、仁も立つ。後ろに座っていたSPに囲まれる形で外へ出た。

「ようこそランヴァルドへ」

腰にそっとジェラールの手が添えられた。気のきいた返しが浮かばず、仁はただ頷いた。

頰に感じた風は、パリよりも暖かい。タラップを降りると黒塗りの車が待っていた。後部座席にジェラールと共に乗り込む。

車はすぐに動き出した。途中のゲートを抜けるともうそこは、空港前の道路だった。

ドライブスルー入国。頭の中に浮かんだくだらない単語を追い払い、等間隔のライトが照らすまっすぐな道路を眺める。

ランヴァルドという国に、来てしまった。暗くて風景がよく分からないので実感はあまりないけれど。

外を眺めているうちに、いつしか仁は軽く寝てしまっていたようだ。車が停まり、ドアが開く音で目を開けた。

「よく寝ていたな」

ジェラールの声で、頭が冴えた。同時に血の気が引く。隣に国王がいる状況でうたたねするなんて、ありえない失態だ。

「失礼しました」

口元を手の甲で拭《ぬぐ》う。よだれが出ていなくてよかった。

「構わない。いきなり連れてきたから疲れもするだろう。今日はもう遅い。とりあえず休むといい。分からないことはシーグバーンに聞け」

ドアが開く。立っていたシーグバーンが頭を下げた。

「では、おやすみ。よい夢を」

車を降りたジェラールが建物へ向かっていく。仁も車を降りると、周囲を確認した。

フォンテーヌブロー宮殿みたいだ、というのが第一印象だった。広い中庭を囲む城館は薄暗い中でも圧倒的な存在感を放っていて、よく見えないのがもったいない。明るい時にまた見てみたい。

「お部屋にご案内いたします」

シーグバーンはそう言うと、大きな扉の脇にあるドアを開けた。

彼に続いて小さな箱のような空間を三度通り抜けると、天井が高い部屋に出る。まっすぐに続いているから廊下かもしれない。

壁に飾られた絵が四枚目になったところのドアの前で、シーグバーンが足を止めた。細かな装飾が施されたドアが開く。

「この部屋をお使いください」

白と金色をベースにした部屋は、広かった。手前にはおとぎ話に出てくるようなソファセット、奥には豪華なベッドと机がある。中世に戻ったかのような調度品はどれも高そうで触るのが怖い。唯一、大きなテレビがこの部屋が現代のものだと教えてくれる。

「バスルームは奥に」

簡単に室内の説明をされた後、シーグバーンに紙袋を渡された。中には仁の家の鍵、ノート、買ったばかりの文庫本に電話の充電器が入っていた。仁の部屋に勝手に入った時に持ってきてくれたようだ。あまりに堂々としているから、苦情を言う気も失《う》せる。

「何かございましたら、この電話で一番をコールしてください」

それでは、と出て行く背中を見送ってから、仁は室内を見回した。壁にも天井にも装飾が施されていて、なんだか落ち着かない。ふらふらとベッドに腰掛けてから、頭を抱えた。

「……なんだこれ」

今日の午前中、自分は無職生活を前向きに生きようと決めたところだった。それがどうだ。自分には縁がないと思っていたことを矢継ぎ早に経験させられて、もう訳が分からない。

一人になってどっと疲れた。体も、頭も。なんだか目の前がぐるぐるして、仁は目を閉じた。


翌朝、仁がまず目にしたのは、見知らぬ天井だった。ここはどこだ、と考えてすぐ思いだす。昨日、自分に何が起こったかを。

知らない国に連れてこられてしまった。どうしてこうなった、と呟きながら、上半身を起こす。

洋服のまま、中途半端な格好で眠ってしまったため、体が痛かった。ゆっくりとベッドから豪華な絨毯に足を降ろし、とりあえず汗を流そうとバスルームに向かった。

白いバスルームは、やけに近代的だった。ガラス張りのシャワーブースに大きめのバスタブ、最新型のトイレ。鏡の前にはアメニティも揃っていて、まるで高級ホテルのようだ。

タオルだけでなく、ご丁寧に着替えらしきものが置いてある。下着の替えもないので、遠慮なく使わせてもらおう。

シャワーブースで髪と体を洗う。下着だけでは寒いので、置いてあった白いシャツとベージュのパンツを身につけた。

身支度を整えたところで、ドアがノックされた。この館《やかた》の中で自分よりあやしい人間はいないだろうと、迷わずドアを開けた。シーグバーンが立っていた。

「おはようございます。朝食をお持ちいたしました」

彼の後ろには、濃紺のワンピースを着た女性が二人、立っている。その横には朝食が載ったカートがあった。

「ありがとうございます」

ドアから体を引く。着替えておいてよかった。テーブルに朝食が準備される中、シーグバーンが仁に服を差し出した。新品の、白いシェフコートだ。

もうこれは、完全に仕事を引き受けなければならない流れではないだろうか。受け取った仁は、ベッドに腰掛けて悩んだ。

別にやることはないのだ。数ヵ月間なら、と譲歩案を捻りだす。朝食が整えられ、一時間後に迎えに来ると言われたので、まずはカフェオレを飲んだ。

三十分も経たずに食事は終わった。歯を磨いてから、仁はノートを開いた。

ジェラールが気に入ってくれた味を、ここで作れるのか。作れたとして、その後はどうするのか。自問自答をしている間にシーグバーンが迎えに来て、部屋を出る。

案内されたのは一階下にある、厨房《ちゅうぼう》だった。

「こちらは元々、私的な厨房を改装したものです」

「私的？　ここが？」

日本で働いていたホテルの厨房よりも広い。右側には冷蔵庫類、左側にはオーブンが置かれ、奥にはワインセラーのように仕切られたショコラ専用の作業アトリエもある。

真空のフードカッターや糖度計、色素を吹きかけるピストレ等の機材も充実していた。

「はい。国王のご家族専用の厨房でした。イェルハルド様はお使いになりませんので、改装させていただいたのです」

シーグバーンが簡単に設備を説明してくれた。

冷蔵庫を開けてみる。クーベルチュールチョコレートに生クリーム、バター、砂糖にミルクと、必要なものは揃っていた。自分の前任者がどんな人間かは知らないが、かなりいいものを選んでいる。

正直に言うと、魅力的だった。広く、設備が充実したアトリエには、ショコラティエの夢が詰まっている。

ここで作ってみたい。その気持ちに逆らうのは難しそうだ。腹をくくろうか。

「必要なものはすぐに取り寄せますのでお申しつけください」

一礼して出て行こうとするシーグバーンに、では、と声をかけた。

「前回の晩餐会のメニューと、土産に配ったショコラの種類を教えてください。来月の晩餐会のメニューが決まっていたら、それも」

土産用ショコラのイメージ作りに必要な資料をお願いする。少しだけ驚いた顔をしたがすぐに無表情に戻ったシーグバーンは頷いてくれた。

「かしこまりました。晩餐会は二ヵ月に一度、行われております。数回分お持ちいたしましょう」

「ありがとうございます。それと、この国のことが分かる資料もお願いします。特に気候と、料理について知りたいです」

分かりましたと言って出て行く背中を見送ってから、仁は作業環境の確認を始めた。室内にあるものを把握し、機材に慣れる意味も兼ねて、自分が一番得意とするタイプのガナッシュを作ってみる。

生クリームを温め、転化糖を一気に投入して混ぜる。一度沸騰させてから、鍋《なべ》を火から外した。その繰り返しで水分を飛ばしたものの半分を、ボウルに準備したビターのクーベルチュールチョコレートに加える。すぐには混ぜず、全体の温度を下げた。

温度が四十五℃になったら、中心部から混ぜて乳化させる。混ぜすぎないように気をつけて、少しずつ生クリームを加えていく。全体の温度が下がる前につやがしっかり出たなめらかな状態にしてから、バットに移した。これで口どけが遅めの、ゆっくり味わうタイプのガナッシュができる。

温度管理が口どけを左右するので、作業には集中を要した。冷やす段階になってやっと息をつく。そろそろ休憩をしよう。

届いていた昼食のサンドイッチと資料を厨房の隅に並べる。行儀が悪いけれど、食事をしながら本を読んでいく。まずはランヴァルドの食生活について書かれた本だ。文字は読めないが写真とレシピを確認する。

数冊に目を通しただけで、ジェラールが日本と食の好みが近いと言っていたのが分かってきた。この国では魚介類を加熱せずに食べる習慣がある。更にしょうゆやみりんに似た発酵調味料を使うようだ。

リゾットに生卵をかけるメニューがあるから、卵の生食にも抵抗がないのだろう。

料理に砂糖を使うならば、ショコラは甘すぎないほうがいい。かといって、カカオの味が強すぎるのも好まれない。ローズマリーやラベンダーのようなハーブ類も控えめに。日本で好まれるタイプのショコラを考えながら、卵のサンドイッチに噛りついたところで気がついた。パンが、日本で食べるようなもちもちとした食感だったのだ。

「なるほど」

呟いて、ノートに思いついたことをメモした。

食事を終えると皿を洗う。ガナッシュの半分は冷蔵庫に入れて明日からの作業用に、残りはコーティングの練習用に切り分ける。

コーティング用のチョコレートは、アトリエに置いた大理石の上でテンパリングする。室温二十℃、湿度を六十パーセントにしたアトリエで、コーティング用のチョコレートをボウルで三十℃にした。

作業用のフォークを使い、薄くコーティングしていく。ボウルの縁でチョコレートを切り、フィルムを敷いておいたトレイの上へ。しばらくそのまま置き、表面が乾きはじめたら、フォークを載せて模様をつける。光沢が出た表面に満足した。

室温で少し置いたら完成だ。機材に慣れるための試作とはいえ、手を抜いたつもりはなかった。

明日、出来上がったものは写真を撮っておきたい。撮影に使うカメラを用意してもらうべきだろうか。ノートの端にカメラ、と書いた。

気がつけば午後四時を過ぎていた。明日の作業内容を考え、準備を整えてから、後片付けをする。

少し残ったクーベルチュールチョコレートは、小鍋で温めた牛乳に入れた。簡単なショコラショーを作るのだ。

足元まで冷えたところで作業をするから、体は冷える。特に指先が冷たくなるのは職業病といってもいい。

出来上がったショコラショーは、使うのを躊躇《ちゅうちょ》するような高級ブランドのカップに入れた。口をつけ、その甘さと、温かさを味わう。目分量で作ったものだが、おいしい。冷たい指先が熱を取り戻していく。

カップを片手にランヴァルドの観光ガイドを眺めていると、ドアが開いた。シーグバーンだろうと見当をつけて顔を上げる。しかし立っていたのは、ジェラールだった。

「何を読んでいる？」

ぴしりとスーツを着込んだ彼が近づいてくる。

「……イェルハルド様」

立ち上がり、少し間を置いてから言った。名前がすぐには出てこなかったのだ。

ジェラールはイェルハルドのフランス語読みだとシーグバーンに聞いた。この国に来ているのだから、そう呼ぶのが正しいのだろう。

「ジェラールでいい」

　肩を竦めたジェラールにあっさりと返された。彼は仁の手元にあるガイドに目を向け、少し眉を寄せた。

「それが役に立つのか」

「はい。この国のことを知らなくてはいいものはできませんから。まずはこれで勉強を」

　そこまで言ってから、もっと他に言うべきことがあると思いだした。

「仕事の件ですが」

　仁が切り出すと、ジェラールは表情を引き締めた。

「引き受けてくれるか」

　ここまで連れてきておいてその質問はどうかと思う。仁は笑ってしまった。

「はい。晩餐会の土産に出すものについては、お引き受けします」

　ただ、と続ける。

「ここで店を出すことは考えていません」

　はっきり言っておく。条件は魅力的だ。でも自分はまだこの国をよく知らないから、まずは頼まれた仕事を丁寧にしたかった。

「出店は報酬として考えていた。それでお前が納得するならばかまわない」

「はい。必ず、喜んでいただけるショコラを作ります。それでも、いいですか」

「もちろんだ。君が望むようにしてくれればいい。詳しい契約はシーグバーンと煮詰めてくれ」

ありがとうございます、と仁は頭を下げた。これで契約は成立と思っていいだろう。伝えたいことを口にできてほっとした仁は、ここで自分が今、口にしていたものを思いだした。

「ショコラショーがありますが、飲まれますか？」

「ああ、いただこう」

即答されたので、小鍋に残っていたショコラショーを温めて、カップに注ぐ。どうぞ、と自分が座っていたパイプ椅子を勧めた。他に座るものがないのだ。

「このままでいい」

本人が気にしないようなのでいいかと、そのままカップを手渡した。

「……うまいな」

立ったままジェラールはショコラショーを飲んだ。

「お口に合ってよかったです」

気軽に話しかけてくるせいで忘れてしまいそうだが、この人は国王だ。その彼が、仁の作ったものを躊躇いもなく口にするのが不思議だった。

もし何か入っていたらどうするのだろう。そう考えてから、無理だなとすぐに思い至った。

身ひとつでここに連れてこられた上、シーグバーンを通さずに何も受け取れない状況なのだ。ジェラールにとって、自分は警戒する相手ではないのだろう。

「これを、見てもいいか」

カップを口にするジェラールの視線の先には、仁のノートがあった。ほとんど日本語で書いているので、隠す必要もない。

「ええ。……途中を破いたもので見苦しいかもしれませんが」

私の宝物です、と日本語で続けた。

「何を書いているのか、さっぱり分からないな」

ノートを手にしたジェラールは、興味深そうにページを繰る。その姿を横目に、仁はカップに口をつけた。奇妙なほど気持ちが落ち着いていた。

「お前ほどの腕を持つショコラティエをクビにするとは、あの店は見る目がない」

どうしてそれを、と聞き返そうとしてやめた。それくらい調べればすぐに分かることだ。

「そう言っていただけて光栄です」

静かに返す。クビ宣告からまだ五日しか経っていないのに、ひどく昔のことのような気がした。もう終わったこと、と自分に折り合いをつけられたようだ。

「でも、分かってはいるんです。私はあまり、うまく喋《しゃべ》れないから」

言語だけの問題ではない。そもそも仁は自己主張が苦手だ。仕事のこととなれば譲らないけれど、その他の部分では自分の意見を出すことはほとんどない。

そのせいで、人間関係をうまく築けていない自覚はある。特にパリで働くようになってからはそれが顕著だった。自分がもっとうまく立ち回れば、ポールとも少しはうまくやれたかもしれない。後悔というよりは反省だ。

「それでも君は、おいしいショコラを作っていた。それが一番、大事なことだろう」

ジェラールは仁のノートを静かに閉じた。


ジェラールは少しでも時間があるとアトリエに顔を出す。最初は手を止めていた仁だが、四日目にはもう、ちらりと見るだけで作業を続けるようになっていた。ジェラールは作業を見ているだけでも楽しそうだ。

区切りがついたところで話しかける。そのために、試作品も用意していた。国王に味見させるのはどうかと思ったが、本人も興味深そうに食べては意見をくれる。ジェラールのために椅子も用意してもらっていた。

「口どけがいいな」

こだわった部分に気づいてもらえて、褒められる。くすぐったい気持ちになりつつ、仁も試作品を食べてみる。前の店では作らなかったような、優しい甘さだ。

この館で働くスタッフに試食をお願いしているが、予想通り、定番の組み合わせの評価が高い。甘さの限度はどれくらいなのか、試作の繰り返しだ。

仕事を始めて一週間目、仁は初めて館を出ることにした。休みは週に二日とるようにと、契約書に書いてあったのだ。

国の中心部や観光名所ではなく、実際に人々が暮らす場所まで連れて行って欲しい。そうお願いした結果、住宅が多いという場所までシーグバーンが連れて行ってくれた。

地図と携帯電話と財布を持って車を降りる。十五時に中央駅で待ち合わせをした。

久しぶりに一人になった。館の中はいつでも誰かに見られている気がしたのだ。解放感を胸に、ちょうど目の前にあった高台に登って街を見下ろした。

初めて街を見た印象は、赤い、だった。建物が全体的に赤味を帯びている。放射状に造られた街の中央にあるのは大聖堂だろうか。地図と合わせて確認した。

自分がいる場所を正確に把握した後は、駅まで歩いてみる。

パリとは違う、どこか素朴な街並みだ。すれ違う人たちも人懐っこい笑顔を浮かべている。

駅が近くなるにつれ、商業施設が増えた。地元の人が使うだろうスーパーに入り、商品を観察する。チーズはくせのないタイプが主流のようだ。冷凍食品やデリの類は少ない。果物と野菜は新鮮なものが安かった。調味料は興味深く見比べ、何種類かかごに入れる。

会計を済ませて外に出た。それから隣の衣料品店に入り、下着を買う。衣類はすべて用意されているのだが、下着がどうにも派手すぎて耐えられなかったのだ。無難なデザインと色のものを買っておく。

昼は地元民で賑わう店を探したのだが見つけられなかったので、世界中にあるフランチャイズのカフェに入った。そこでサンドイッチを買い、カウンター席に座って食べた。

食事を終えてもまだ時間がある。中心部へ向かい歩く途中、見つけた書店に入った。レシピ本は多いがデザート関係は少ない。フランス語で書かれたレシピを手にとりレジに向かったところで、ジェラールが表紙を飾る雑誌を見つけた。中に何が書いてあるのかは読めないが、まるでグラビアのような写真がたくさん載っている。彼はきっと、人気の国王なのだろう。よく見れば似たような本がいっぱいだ。

レシピを買ってから、仁は携帯電話でジェラールのことを検索した。

イェルハルド・ランヴァルド、二十九歳。即位して八年。三人兄弟の末っ子として生まれる。前国王である長兄が急逝、次兄も事故で亡くなっていたため、王位につく。簡単な経歴ではあるが、知らないことばかりだ。

いや、違う。そもそも自分は彼のことをほとんど知らないのだ、と仁は思い直した。知っていることといえば、ショコラの好みくらいではないか。そしてそれは、仁にとって最も重要なことだった。

距離の感覚がよく分からないので、早目に路面電車に乗った。十分ほどで国の中心部に着く。

歩きながら時間を潰《つぶ》し、迎えに来ると言われた場所へ五分前に着くと、何故かコート姿のジェラールがいた。黒縁の眼鏡をかけ、いつも整えている髪を下ろしている。おかげで彼の顔はよく見えない。

でもやはり、目立つ。バランスのとれた体軀《たいく》と彼がまとう空気の特別さが隠し切れていない。

驚いて駆け寄ると、ジェラールはいたずらに成功したような表情を浮かべた。

「こんなところで何を……」

「時間ができた。一時間、付き合え」

さっさと歩きだしたジェラールを追いかけながら、どこにですか、と聞く。

「特に決めてない。行くぞ」

ちらりと振り返った彼は、とても楽しそうに笑った。

「ここでは必ずジェラールと呼んでくれ。いいね？」

「は、はい」

ジェラールは人がたくさんいる大通りに進む。だがこんなところに国王がいるとは誰も考えないのか、気がつかれる様子はない。

心配しなくても、きっとどこか見えないところに私服のSPがいるはず。自分を納得させると、仁はジェラールに追いついた。

中央広場の大聖堂を観光し、階段でてっぺん近くまで上がった。観光客のような顔をして荷物のチェックを受けるジェラールの姿に笑ってしまった。

大聖堂から広場を見下ろし、いつもいる館の場所を確認する。それからまた階段で地上まで降りたのだが、普段の運動不足がたたったのか、仁は息が切れていた。

「あれはなんだ」

広場で記念撮影する観光客を見て、ジェラールが不思議そうな顔をする。

「あの棒の先にスマートフォンがあるでしょう？　あれで自分の写真を撮っています」

必死で呼吸を整えながら答える。

「なるほど、便利なものだな」

感心したように頷いたジェラールの後ろから、ねぇ、と声が聞こえた。彼が一瞬だけ体を硬くする。

「写真を撮ってくださらない？」

フランス語を話していたから、と灰色の髪をした上品な女性が微笑んでいた。それを見てジェラールは表情を緩める。

「構いませんよ」

ジェラールは笑顔で応《こた》えて、老夫婦の写真を撮ってあげた。幸せそうな二人と少し会話をして別れる。

「楽しそうですね」

「楽しい」

即答だった。ジェラールは眼鏡の位置を軽く直しながら続ける。

「私だってたまには解放されたいこともある」

どこか寂しそうな響きに、仁はなんと返せばいいのか分からなくて黙る。無言のまま広場を歩いていると、色とりどりの果実を載せた小さなワゴンを見つけた。

「待ってください、ジェラール」

通りすぎようとするジェラールに声をかけてから、仁はそのワゴンを覗《のぞ》いた。熟れたアボカドのような色と形をしている果実が目に留まる。初めて見る果実だ。

「これは？」

ワゴンの女性に聞こうとしたが、彼女は接客中だった。代わりに、隣に立ったジェラールが答えてくれる。

「エルス。恋する果実、だ」

「恋する、果実……?」

耳慣れない名前に仁は首を傾げた。

「この国ではそう呼ばれている。食べると気持ちが募り恋人を抱きしめてしまうそうだ」

昔はチョコレートにも媚薬《びやく》効果があると言われていたから、それと似たようなものだろうか。

「香水の原料にもなる。私がつけているものもこれだ」

「さわやかないい香りですよね」

今もふわりと感じる香水はこれか。見た目からは想像がつかないにおいだ。エルスと呼ばれたその果実を手にとって嗅《か》いでみるが、期待したようなにおいはなかった。

「気に入っていてね。ずっとこれを使っている。ランヴァルドではジャムとして食べるのが一般的だ」

「なるほど。これ、買っていきます」

ショコラの材料になるかもしれない。そう考えて、仁はエルスを五個買った。袋に入れてもらう。

「ジェラールもよく食べるのですか?」

「このジャムは大好物だ。時々、無性に食べたくなる」

ジェラールはそう言って袋の中を覗き込む。

「そういう味はありますね。私もたまに、日本の味が恋しくなる時があります」

「ああ、そうだろうな。例えば今は、何が食べたい？」

すぐ頭に浮かんだのは、先週、日本に帰ったら食べたいと考えていたものだ。

「かつ丼です」

「それはどんな食べ物だ」

興味を持ったらしく、ジェラールはかつ丼、と繰り返した。

「かつ丼は、そうですね、……」

説明をしようと思ったが、まずは見た目が大事かと、かつ丼を検索して写真を見せる。

「コートレットのようなものか？」

「ええ、あれをしょうゆのスープで煮て、卵でとじたものをご飯に載せて食べます」

「揚げたものを煮る？　なんのために」

眉を寄せたジェラールの問いに戸惑う。

「そう言われても困りますが……」

「揚げたての食感がうまいのに。日本人はよく分からないことをするな」

ジェラールが首を捻る。そこにあるのは、純粋な疑問だ。

「それとはまた別の味で、おいしいんです」

何故か一生懸命になってかつ丼の魅力を伝えている間に、迎えの車が来ていた。

「楽しい時間はあっという間だ。たまにこうして出かけるのもいい。また付き合ってくれ。君といると観光客だと思われて気づかれにくい」

「私でよければいつでも」

車から降りたシーグバーンがドアを開けてくれる。ジェラールに続いて仁も乗り込んだ。

シートに体を沈めたジェラールが眼鏡を外す。前髪をかき上げ、見慣れた姿に近づいた。しばらく車が進んだところで、ジェラールは仁にだけ聞こえるような小さな声で言った。

「あと三年だ」

「三年？」

何が、と問おうとして、仁はやめた。窓の外を眺めるジェラールの目は、何かまぶしいものを見るかのようだ。彼が抱える何かを、自分のようなただのショコラティエが聞いていいとは思えなかった。

翌日、仁は早速、エルスを試すことにした。

恋する果実と呼ばれるからには、甘いのだろうか。ナイフでまず薄く皮を剝《む》いてみる。青リンゴのようなさわやかな香りがした。

「……さて」

微妙にスペルが間違っていたのか、うまくレシピ検索ができなかった。目にしたものはすべて煮詰めるタイプで、どうやら加熱せずに食べる習慣がないのだと分かる。とはいえ、果物だ。そのまま食べたらどうなるのか。好奇心から、薄く切ったものを口に運んだ。

目を閉じ、ゆっくりと歯を立てる。しゃくっと瑞々《みずみず》しい音がなった。梨に似ている。さわやかな酸味のおかげか、意外なほどに後味は軽い。

皮も食べてみた。こちらは硬い。刻んで入れたら食感のアクセントになるだろうか。

小鍋にエルスを入れ、キャラメリゼする。見た目はリンゴと変わりない。食べてみると、洋梨と和梨の中間のような歯ごたえがあった。ほどよい酸味がおいしい。

でも、個人的には加熱しないほうが好みだ。こんなにおいしいのに、生食の習慣がないのはもったいない。

エルスを冷まそうとバットにあける。ガナッシュに混ぜてみようかと冷蔵庫へ向かったその瞬間、急に喉が張りついたようになった。ひりひりしてから、今まで感じたことがないような、猛烈なかゆみに襲われた。

「っ……」

ミネラルウォーターを口に含むと、ほんの少しだけすっきりする。作業に戻ろうとして、背中が痺《しび》れた。

「は、ぁ……」

おかしい。心音がばくばくと激しくなっている。喉をかきむしりたい。

「ひ、ぅ……」

息をするのも苦しい。口から出るのはぜぇぜぇという音だけだ。とにかく水、と手を伸ばしたけれど、力が入らずに作業台に突っ伏す。

「どうした」

ジェラールの声が聞こえた。いつの間に来ていたのだろう。肩に手が回り、体を起こされる。

「具合が悪いのか？　顔が赤いぞ」

「なんで、しょう、分かりません」

額に手を当てる。熱いのか冷たいのか、もうよく分からない。息が苦しくて、体が小刻みに震えた。

「水、を……」

とにかく喉をどうにか楽にしたくて、ジェラールにとってもらった水を飲む。心配そうに見ていた彼だったが、不意に険しい顔になった。

「おい」

目線を無意識に追いかける。作業台にあるのは、エルスを煮詰めたものだ。

「もしかして、……エルスを、そのまま食べたか？」

「は、い……」

声がうまく出せなかった。おかしい、高熱を出したかのようにふらついて、目の焦点が合わない。

「体が中から熱くなっているだろう？　喉は渇いていないか？」

首を縦に振る。

ジェラールの手が、仁の頬に触れた。ただそれだけで、体の芯まで震えが走る。

「エルスが恋する果実と呼ばれるには理由がある。そのまま食べると、……その、興奮するのだ」

「興奮……？」

震える手を胸元に置く。今、自分は興奮しているのか？

「ああ。だから火を通して食べるのだ。ちゃんと説明しなくて悪かった」

ジェラールの言葉が右から左へ抜ける。

はぁ、と吐いた息は、自分のものと思えないほど、色めいていた。その場に崩れ落ちそうで、咄嗟《とっさ》にジェラールの腕を掴む。

「楽にしてやろう」

砂糖みたいに甘い声が耳に聞こえた次の瞬間、口に何かが入ってきた。閉じられないようにされた唇に、指が入ってくる。

「んんっ」

何が起こったのか、すぐには分からなかった。指が抜かれても開いたままの唇に、ジェラールのそれが重なる。中に入ってきた熱くて柔らかいものが、口内を探った。

「ぁ、う……」

触れあう部分が熱い。舌先が絡みあうと、糖度の高いチョコレートのような甘さを感じた。おいしい。舌を吸うように唇を窄《すぼ》めると、ぴちゃぴちゃと水音がした。

渇いた喉を潤して欲しくて、ジェラールの唾液《だえき》を啜《すす》る。おいしい、と思った。とろりとした甘さがもっと欲しくてねだると、宥《なだ》めるように舌が粘膜を擦る。

口内をくすぐられることがこんなに気持ちいいと知らなかった。唇に意識のすべてが集中する。

「っ、……ぁ……」

ぴたりと隙間《すきま》なく重ねられ、唾液を交換するような口づけを交わす。呼吸すらままならない。その苦しささえも、体を痺れさせる。

「気持ちがいいだろう？」

　ジェラールの指が耳を撫でた。びりっと電気が流れたみたいに体が跳ねる。

「粘膜が熱くなるんだ。擦って熱を吐き出せば楽になる」

「いや、です……やめ、て……」

　それでも、残った理性で仁はジェラールを突き飛ばすようにして逃げた。ここは仕事をする場所だ。ふしだらなことはできない。

「ジン」

　名前を呼ばれて、視線が絡む。普段よりもすべての輪郭が曖昧なのに、ジェラールの瞳が自分を見つめていることだけは、はっきりと分かった。

　そんな目で見られたって、困る。自分の体を隠すように抱きしめた。どうしよう、どうすればこの熱は冷める。

　眉をひそめ、苛立ったように舌打ちしたジェラールが、仁の手を摑む。

「何故いやがる。ここでやめてはお前も辛《つら》いぞ」

「ここは……こんな、……いや……」

　うまく言葉も紡げない。ただ仕事場を汚したくない。その一心で、ジェラールを拒む。

「分かった。……来い」

　ジェラールに引っ張られて立ち上がる。力がうまく入らなくて、縋りつくような格好になった。引きずられるようにして数歩進んだところで、ジェラールは仁の腰に手を回した。

「え、う?」

急に視界が下がった。膝《ひざ》から力が抜けたのかと考えたのだが、すぐそばにジェラールの顔があって、何が起きたのかを理解した。仁はジェラールに横抱きにされていたのだ。

抱きかかえられるほど軽くはないはずだ。それでもジェラールの足取りは危なげがない。

「おとなしくしているんだぞ」

「ひっ」

首筋に指が触れる、そのまま廊下を運ばれる。どこへ向かっているのかもよく分からない。自分の呼吸がただうるさい。そして熱い。

手をどうしていいか分からず、ジェラールの服を掴んだ。小さく笑う声が聞こえた気がするが、それをかき消すほど、自分の心音がうるさい。

「っ、ぁ……」

ドアを蹴《け》るような音がした次の瞬間には、どこかへ放りだされていた。大きなベッドだと気がついた時には、足元にジェラールが膝をついている。

顔の横に手が置かれる。目の前がゆっくりと、ジェラールでいっぱいになった。

「楽にしてやる」

自分を見下ろすジェラールの目には、はっきりとした欲望があった。

勝手に視界が潤んでいく。そして目が、ジェラールの唇に吸い寄せられる。

あの唇は、気持ちがよかった。もっと、触れたい。欲しい。

視線が離れてくれない。ただじっと見つめていると、ジェラールの整った顔が近づいてくる。

触れた瞬間、体が蕩《とろ》けた。まるでチョコレートのように、とろりと。何かが溢れだしそうな気配に体を縮めると、宥めるように頬を撫でられた。

「ん、ぁ……」

気持ちがいい。耳の形を指で確かめるように撫でられて、くすぐったさに身をよじる。

「ショコラのにおいがする」

耳元でジェラールが囁《ささや》く。

「甘くておいしそうだ」

「ん、ジェラール、……」

首筋に歯を立てられ、呼吸が乱れた。ジェラールの指がボタンにかかり、作業用の白いパティシエコートを脱がされる。

下着姿になった仁を見つめながら、ジェラールも服を脱いだ。仕立てのいいシャツが床に投げ捨てられる。

同じような下着姿で向きあう。この状況はおかしい、と脳内で自分が警告しているけれど、干上がった喉が欲しいからいいんだと急《せ》かす。

そっと手を伸ばした。手首を掴まれ、引き寄せられる。無言のまま抱きしめられ、肌が重なった瞬間に、体温が一気に上がる。こんな感覚、知らない。

誰かの肌に触れるのは一体どれくらいぶりだろう。引き締まった体に伸し掛かられるのは初めてだが、今はその重さが心地よい。そのままベッドに組み敷かれる。

枕元《まくらもと》に置いてあった水差しの蓋《ふた》をとったジェラールが、中から氷を取り出した。彼はそれを口に含むと、仁の胸元に顔を寄せる。

「あっ……」

大きな塊が、仁の肌の上を滑る。鎖骨を辿った氷が、胸の突起に触れる。冷たさに体が一瞬竦んで、でもすぐに力が抜けた。氷で濡《ぬ》れた乳首が尖《とが》っていくのが分かる。

「冷たくて気持ちいいだろう？」

芯を持ったそれを、ジェラールの指が撫でる。体温で小さくなった氷ごとぐりぐりと押しつぶされ、耐えられずに声が出た。

「ふっ、んんっ」

不快ではない。その逆だ。今まで意識したこともなかった突起から、全身に痺れが広がる。

「あ、やめっ……」

自分のものとは思えない、悩ましい声が鼻から抜けた。胸元に唇を寄せようとしたジェラールから逃げるように体を丸めると、肩を押さえられた。

「……ぁ、……っ……」

右の乳首を吸われる。くすぐったさに体が左右に揺れる。左側は氷で弄《もてあそ》ばれて、痛いくらいに尖った。

甘い痺れが全身に広がる。ジェラールは氷が溶けるまで、仁の乳首を弄《いじ》り続けた。真っ赤になったそれを満足そうに指で摘み、軽く爪を立てる。もう何をされても気持ちが良いから困る。

髪を乱して悶《もだ》える仁を押さえつけ、ジェラールはゆっくりと下腹部まで唇を滑らせた。

「あ、んっ」

へそのあたりを撫でまわされ、腰の奥が疼《うず》きだす。下着の縁にジェラールの手がかかった。腰を浮かせて協力したのは無意識だ。恥ずかしいという気持ちはどこかで眠ってしまったらしい。

下着から飛び出した性器は、既に昂《たか》ぶっていた。ジェラールの手に触れられると、喜んだように蜜《みつ》を零《こぼ》す。

「……なんだ、これは」

下生えを軽く引っ張られる。どこか楽しそうに指に毛を絡めた後、ジェラールは、口を開いた。

赤い舌が見える。それが仁の性器に触れ、ゆっくりと、飲み込まれた。

「ん、やっ」

触れた部分から蕩けてしまいそうだ。無意識に逃げようと引いた腰を摑まれ、先端をすっぽりと飲み込まれてしまう。

濡れた熱い粘膜の感触に唇が開く。干上がった喉が痛い。どくんと音を立てて、自分の性器が質量を増した。

「男のものをくわえるなんて考えたこともなかったが、……案外、悪くない」

根元の袋を弄びながら、ジェラールは先端の窪《くぼ》みに舌を当てた。

「ひっ」

尖らせた舌でつつかれる。性器の先端から痺れ、仁の背がしなった。シーツと背中にできた隙間にジェラールが手を入れ、腰を引き寄せられる。

「あ、ぅ……」

頭を上下され、勝手に腰が揺れた。誰かの中へと入る感覚が久しぶりすぎて、すぐにでも達してしまいそうだ。

「ん、……ぁ……？」

絶頂を促されていたはずなのに、ジェラールの口内から性器が抜かれてしまう。何があったのかと見上げると、ジェラールは新たな氷を手に取っていた。

角を取るように舐《な》める仕草から目を離せない。あの舌の熱さを知っている。喉がかゆい。口がぱくぱくと開いてしまう。

「力を抜いていなさい」

投げ出した足の間、性器の奥へと指と氷が向かった。窄まりの表面を氷が撫で、その冷たさで少し冷静になった。

そこは他人に触れさせる場所ではない。汚い、いやだ、そう言って逃げようとするが、腰をがっしりと抱えこまれてしまう。

「や、……冷た、いっ……」

後孔に押し当てられた氷が、中へと入ってくる。押し出されないように指を添えられたせいで、ずぷっとすべてを埋められてしまった。

「おいしそうに食べたな」

「ひっ、あ……」

指が入ってくる。痛みはなかった。冷たさで感覚が麻痺《まひ》しているのかもしれない。氷に添うように入ってきた指が内側を撫でても、震えるだけだ。

足を閉じようとしても許されない。じっとしていられず腰を揺らす。ジェラールは指を仁の中へ埋めたまま、覆《おお》い被《かぶ》さってきた。

「んっ」

唇を重ねる。最初は啄《ついば》むような軽いものだ。ちゅっと音を立てて離れるのが寂しくて、物欲しげにジェラールの唇を見つめてしまう。自分の唇を舐めてごまかしてもだめで、薄く口を開いて誘った。

次のキスは深かった。重ねてすぐに舌が入ってきて、絡みついてくる。歯を立てる。くすぐるように口内を探り、唾液を吸い上げた。ああ、おいしい。

「お前もしてくれるか?」

低い声が何を言ったのかすぐには分からなかった。ぼやける視界の中、膝立ちになったジェラールが下着を脱ぎ捨てた。

「……すごい」

ジェラールの性器には、下生えがなかった。そのせいか、グロテスクな印象はない。ただ、大きい。先端を濡らしたそれが、仁の目の前にある。

「触ってくれ」

促されるまま、右手で持った。ずしりとした重量と硬さがリアルだ。仁の手に押しつけるようにして腰を使ったジェラールのものが、仁の手を濡らしていく。

呼吸が乱れる。指を濡らすものにそっと唇を寄せた。舐める。たまらなく甘くておいしい。

仁の仕草を見ていたジェラールは、手を退けると伸し掛かってきた。

「んっ…」

下腹部にあるお互いのものが触れる。硬い感触を合わせるように腰を揺らされた。しなるものがぶつかりあう。形や硬さ、熱さを確かめる動作に、頬が熱くなった。他人の性器とこんな風に触れあって、どうして興奮しているのだろう?

お互いの零したものですぐにぬめりはじめた場所が、粘着質な音を立てた。

投げ出していた右足を抱えられる。中の氷の角度が変わり、仁は呻《うめ》いた。

「あっ、んん」

「氷が気持ちいいのか」

耳に舌が入ってくる。昂ぶりを押し当てられた。指で開き、その存在を教え込むかのように擦《なす》りつけられる。

それがどういう意味なのか、分からないほど子供ではない。ただ自分に一生縁がないと思っていただけに、戸惑いが大きい。

「氷は溶けた、な」

「ひっ」

　二本の指が出入りする。氷で冷やされたはずなのに後孔は熱を帯びていて、指を押し当てられると悦《よろこ》ぶように窄まった。

「お前の中に、入ってもいいか」

　そっと、まるで壊れ物を扱うかのように優しく、前髪をかき上げられた。額にそっと唇を落とされる。

　今この状態で、そんなことを聞かれても困る。疼く後孔が指を締めつける。それが答えだ。

「待て。お前の準備が整っていない。焦るな」

　勝手に飲み込もうとする仁からジェラールは少しだけ離れた。両足を持ち上げられる。性器は萎《な》える様子もない。

　後孔に、性器が宛《あて》がわれる。

「っ、あぁ、ジェラールっ！」

　悲鳴にも似た声は飲み込まれた。一気に奥まで穿《うが》たれる。充分に潤っていたそこは、入ってきた異物を確認するように吸いついた。

　圧迫感で息が詰まる。ああ、なんで自分はこんなことを望んだのか。戻ってきた理性が仁を責めるが、すぐにそんな余裕はなくなった。

「んんっ」

内側に、声が出てしまう場所があった。そこをゆっくり擦られるだけで、体の栓が緩む。目も口も閉じられない。よだれと涙が溢れて、ひどい顔になっているだろう。

「熱い」

どこか楽しそうな響きが耳に届く。口角を上げたジェラールが、仁の顔をじっと見ていた。

「君の体はこんなに熱い。だけど手だけは冷たいままだ」

指先に口づけられる。ショコラティエの職業病だと説明する余裕はなく、ぎゅっと指を絡《から》めるようにして握られた。

なんだこれ。恋人でもないのにこんなことをして。そう思ったら泣きたくなった。

「辛いか?」

仁の反応をどう解釈したのか、ジェラールが半ばくらいまで進んだ昂ぶりを引いた。

「平気っ……だから、……」

追いかけるように窄まったところで再び穿たれて、期待に粘膜が震える。――だけど。

ジェラールはそこで動くのをやめた。

「っ、ああ、もぅ」

感じるところの手前で留まられるのは苦しい。もどかしさが仁を急かした。

「うっ……いいから、早く」

動かないジェラールに焦《じ》れ、体が勝手に揺れた。くそっ、と普段はつかない悪態が口をつく。

「じっとしていられるほうが辛いんだよっ。いいから奥まで突っ込んでくれ」

あられもない言葉を口走る。どうせジェラールは日本語が分からない。そう思ったら、少し気持ちが楽になった。

「でかすぎ、無理」

素直に思っていることを口にする。

「なに?」

意味が分からないのだろう、ジェラールが問う。それを無視して、仁はきつく目を閉じた。

「なんでもっとでかくするんだよ、ひっ……深すぎだ、く、……ぁ、……んんっ」

どくんと脈打った昂ぶりの先端が、仁の内側を突いた。そこから全身に、快感が広がる。

「ん、あ、……そこ、だめだ」

奥までみっちりと押しこまれたものが、中を余すことなく擦る。胸の突起を引っ張られ、悲鳴のような声が出た。

脳が、痺れる。声にならない声を上げて、仁は乱れた。

繋がった部分、触れられた場所、かかる吐息、滴る汗、どれもが快感を高めるから困る。もう早く、達したい。

これは快感じゃない。そんなに甘くも優しくもない。もっと強烈で、有無を言わさない、ある種の暴力だ。

「い、やぁ……」

自分の体がのたうつのを止められなかった。目も口も閉じられないまま、ただベッドの上で快感に溺《おぼ》れる。

自分を見下ろすジェラールの、どこか苦しそうに寄せられた眉も、汗の滲んだ額も、すべて見えている。薄い唇が零す吐息の甘さも聞こえていた。だけど快感以外のすべてが脳を通りすぎて、まるで自分から遠いところで起きているようだ。

それがなんだか悔しくて、だけどどうしようもなくて、彼の背にしがみつく。汗ばんだ肌が触れあうと、また体が熱を上げた。

体の奥まで満たされた。それでも、足りない。

仁はジェラールの肩に手を回した。ぐっと前傾姿勢になった彼の唇に、自分のそれをぶつける。

「はぁ、……すごい、……熱い」

溶ける。バターを熱したように自分が形を失《な》くしていくのが分かっても、どうしようも

ない。唇を重ね、貪《むさぼ》る。吸いついて、ジェラールの唾液を飲んだ。おいしい。もっと欲しくて、腰を揺らす。

全身がジェラールを味わっていた。彼の昂ぶりは仁の体の弱いところを擦ってくれる。引き締まった腹筋に擦られた仁の性器は絶頂寸前だ。

足を抱えていたジェラールの手が、仁の頬を包む。ぐっと奥に入ってきた舌にその頬の裏側を舐められた瞬間、すべてが弾けた。

「ん、……いく、っ……！」

体が内側から爆発する。強烈な快感に目の前が白く染まる。体をくねらせながら、仁は達した。放出は長く続く。死ぬ、と思った。気持ち良さで人は死ねる、そんなことを考えながら、目を閉じる。そのまま仁は、意識を手放した。

体を包む温かなものが心地よい。懐くように頬を寄せると、優しく撫でられるのを感じた。

誰かが自分に触れている。誰だろう。こんな風に誰かの体温を感じるのは久しぶりで……と考えたところで、一気に意識がクリアになった。

一晩のあやまち、とはこういうことだろうか。昨夜、何が起こったのかを、仁ははっきりと思いだした。そして今、自分に触れているのが誰なのかも。

でも現実感はまるでない。夢のようだ。いや、きっとこれは夢だ。自分に言い聞かせ、再び眠ろうとした仁の耳元を、指がくすぐった。

「起きたのではないのか」

ジェラールの声は、こんなにも甘かっただろうか。体の芯にまで震えが走り、体温が急速に上がるのを自覚して、仁は目を開けた。

片肘《かたひじ》をついてこちらを見ているジェラールを直視できない。二人とも服を着ていないのも、こちらを見つめる視線が優しいのも、いたたまれない。できるならこの甘さから逃げ出したい。

「あの、……覚えて、いますよね？」

「そんなに都合よく忘れるものか」

ジェラールが苦笑する。仁は項垂《うなだ》れたまま口を開いた。

「申し訳ありませんでした」

「謝る必要はない。お前を抱いたのは私の意志だ。──最高だった」

頬を両手で包まれ、顔を上げさせられる。額に唇が落とされ、顔が上気するのが自分でも分かった。

「新鮮な反応だな」

くくっと声を上げて笑ったジェラールが上半身を起こした。

「昨夜の君があんなにもいやらしかったのは、エルスのせいだ。君は効きやすいタイプなのかもしれない。これからはきちんと加熱して使うように」

「……はい」

エルスにあれだけの威力があるとは思わなかった。これでは生食ができないのも当然だ。自分が見せた痴態を思いだしたら埋まりたくなる。

「残念だがこれから朝の会議がある。私は行くが、君はもう少し寝ているといい」

ただし、とジェラールは目を細めた。無意識の内に仁は体を丸める。

「会議が終わって私が戻ってきた時、無防備な姿で寝ていた場合、君の今日の仕事は保証しない」

そう言って立ち上がったジェラールは下着すら身に着けていなくて、仁は慌てて目を逸らした。

ジェラールが部屋を出てすぐに仁も自分の部屋に戻り、シャワーを浴びた。鏡に映る自分の体に残る痕《あと》は見ないようにして、朝食もとらずに仕事を始める。そうしないと、闇雲《やみくも》に何かを叫びたいような衝動に駆られるのだ。

昨日、色々と途中だったせいで厨房はひどい有り様だった。かごに入れたエルスは見えない場所に移動させた。機材を片付け、洗い直してから、改めて仕事開始だ。

仕込んでおいたガナッシュにパレットナイフでコーティング用のチョコレートを薄く塗る。ごく薄く、そして均一に。表面が乾いたら反対側にもコーティングし、ギターカッターでカットする。間隔を空けて並べて冷蔵庫へ。

黙々と作業していると、気持ちが落ち着いた。何かを作ることが好きで、同じ作業を繰り返すことを苦と思わない。自分の性格はこの職業に向いている。

一区切りついたところで、ドアが開いた。誰が入ってきたのか、見なくても分かった。

「君がベッドにいなくて残念だよ」

きっちりとスーツを着込んだジェラールが近づいてくる。どくん、と心臓が音を立てた。

「疲れた。寝不足だからかな」

「……」

何も言えずに俯く仁の隣にジェラールが立つ。

「今日は十九時に夕食をとる。君も一緒だ」

「夕食？」

「そう。楽しみにしていて」

じゃあ、とジェラールは仁の肩を軽く叩いてから、厨房を出て行った。仁の返事も聞かずに。

断られるという選択肢はジェラールには存在しないのだ。仁は小さくため息をついた。

——十九時五分前、仁は食堂と呼ぶには豪華すぎる部屋にいた。案内してくれたシーグバーン曰《いわ》く、派手な物を好まないジェラールに合わせて質素に作ったものらしい。

とはいえ、充分に立派だ。たぶん大きなシャンデリアが小さく見えるくらい天井は高く、調度品はどれも豪華だ。丸テーブルにかけられた布の細工が繊細で目を奪われる。

椅子に座り、落ち着かない気持ちでいる仁の正面にジェラールが座ると同時に、恭しくカートが運ばれてきた。

「これは……」

目の前に並べられたものに、目を瞠る。赤い盆に黒の椀《わん》、朱色の丼。そしてこの、よく知る懐かしいにおい。

蓋をとる。朱色の漆器にとても上品に収まったかつ丼の姿に、言葉を失う。箸《はし》も一目で分かる高級品だ。

「どうだ、これがかつ丼、だろう?」

ジェラールはどこか誇らしげだ。国内最高級ホテルにある日本料理店に作らせたのだという。もしかして、自分が食べたい、と言ったせいだろうか。

「いただきます」

手を合わせてから、箸をとった。視線を感じる。ジェラールは食べ方が知りたいのだろうか。気にしないことにして、箸でかつを一切れとご飯を口に運んだ。

「……おいしい」

思わず口に出していた。うっすらとしょうゆ味がついた卵と玉ねぎの甘さに、かつの強さがたまらない。

「なるほど、これは……」

仁と同じように一口食べたジェラールは、丼をまじまじと見つめた。

「何故わざわざ揚げたものを煮るのかと思っていたが、うまいものだな」

「はい。……懐かしい、味です」

自分が知るかつ丼に比べればかなり上品ではあるが、それでも懐かしくて、仁は頬を緩めた。ジェラールの厚意が嬉しかった。

「口に合ったか？」

「はい。すごく、おいしいです」

黙々と口へ運ぶ。ジェラールも喋らないので、静かに夕食は終わった。

「ごちそうさまでした」

手を合わせる。食後に熱いお茶まで運ばれてきて、なんだか不思議だ。

「お時間はいいのですか」

ゆっくりと日本茶を飲むジェラールに問う。国王のスケジュールなんて知らないが、分刻みで予定が入っているのかと思っていた。だけどジェラールを見ているとそうでもなさそうだ。

「ああ、今日はもう予定がない。私の仕事は是か非かを判断し、責任をとることだ。忙しくないのは平和の証拠だ」

そこでジェラールはちらりと腕時計を見た。

「しかし、大人が眠るには早い時間だとは思わないか」

テーブルの上で指を組んだジェラールは、こほん、とわざとらしい咳払《せきばら》いをした。

「それでひとつ頼みがある」

「なんでしょう」

「ショコラショーを飲ませてくれ」

真面目《まじめ》な顔で何を言いだすかと思えば、そんな簡単なことだった。

「はい。ではすぐに作ってきます」

「私も行こう」

ジェラールも立ち上がったので、二人で厨房へ向かった。

試作用の小さな鍋を取り出す。かつ丼の後だ、どっしりと濃厚なものにしようと生クリームも使った。

じっと手元を見られているのを感じつつ、カップにショコラショーを注ぐ。

「どうぞ」

香りを確かめてから口をつけたジェラールが、ふっと目を細めた。

「……さすがだな」

「ありがとうございます」

褒められることに、少しだけ慣れた。素直に受け取り、自分も飲む。

「エルスを使うつもりか」

隅に置いてあるかごいっぱいの果実を見て、ジェラールが眉を寄せた。

「はい。やはりこの国のものを使うのが一番いいと思うので」

エルスを手にとる。アボカドに似た果実だが、もう二度と生で食べたいとは思わなかった。

「ちゃんと、加熱しますので」

さりげなく寄ってきたジェラールに腰を抱かれた。びくっと震えて固まった仁に、ジェラールが微笑む。

「なるほど。楽しみにしている」

そのまま近づいてきた彼から、咄嗟に逃げた。口づけられそうな気配だけで、鼓動が騒がしい。

「そんなに怯えるな」

ジェラールは少し困った顔をして、手を伸ばしてきた。そっと髪に触れる指を、仁は振りほどけなかった。


「ここは静かでいい」

翌日から、ジェラールは仁の近くで仕事をするようになった。アトリエで作業しているのを眺めながら、持ち込んだ書類を読む。

口にするのは仕事のことだけだ。仁は隙があれば触れてくるジェラールを警戒していた。彼はそれさえも楽しんでいるようで、時々、後ろから腕を回して抱きついてくる。

一度でも縮まってしまった距離感は、もう元には戻らない。溶けたチョコレートと同じだ。一晩のあやまち。ごく普通に生きていれば、それくらい別に珍しくはないかもしれない。だけど相手が普通ではなかった。

余計なことを考えたくなくて、仁はできる限り反応をせずに流すことにした。自分が今しなければいけないのは、晩餐会の土産用のショコラを作ることだ。

「これでどうでしょうか」

定番のもので揃えたショコラの見本を、ジェラールの前に並べる。用意した箱は三×三で九種類のボンボンショコラが入る。中央のショコラにはランヴァルドの紋章を転写した。

「食べさせてくれ」

そう言ってジェラールは、唇を開いた。彼の薄い唇に、スクエアに二本のラインが入ったショコラを入れる。中に入っているのは、エルスのコンポートを混ぜたダークガナッシュだ。

ジェラールは齧って半分だけ口に入れた後、仁の指を舐めた。

「っ……」

頭の中に、あの夜がフラッシュバックする。貫かれ、あられもない声を上げた。忘れようとして、でも脳に貼りついたように消えてくれない。あんな快感を知らなかった。

「……ああ、うまいな。どこか懐かしい」

半開きの唇に残りの半分を押しこみ、指を離した。視線が絡む。

熱を宿した眼差しを知っている。これに負けてはいけない。そう思っていたのに。

仁はそっと目を閉じた。一度だけなら、言い訳できた。昂ぶる果実を口にしたという理由もあった。――では二回目は？

肩に手が置かれる。晩餐会用のラインナップを決めて、気が緩んでいたのだろう。そうに違いない。じゃないと、この手を拒まない理由がない。

二度目は、仁のベッドだった。

エルスを口にしないまま始まった行為は、痛かった。苦しかった。だけどその中に、ごくわずかにだが、仁は快感を見つけてしまった。飴《あめ》細工のように脆《もろ》いそれが、だけど仁を夢中にさせた。

次第に大胆なことを口にしていたのは、日本語ならジェラールには分からないからだ。

「おはよう」

蕩けるような笑顔のジェラールと共に朝を迎えて、一抹の後悔を抱えながらも、仁は微笑んだ。


晩餐会の土産用ショコラを作る間は、アトリエにこもった。心を込めて作った九粒は好評だったらしい。

「見てくれ」

翌朝、ジェラールがわざわざ新聞を見せにきてくれた。読めない文字だが、写真は仁が作ったボンボンショコラだった。

「今回のボンボンショコラは来賓に出しても恥ずかしくない、と書かれている。ありがとう、ジン。君のおかげだ」

差し出された手を握る。こちらこそ、と呟く声を消すように、ジェラールが続けた。

「君にもうひとつ、依頼したい。実は来月、私の誕生日を祝うパーティーがある。そこでまた、今回のような誰もが喜ぶショコラを作ってもらえないだろうか。ああ、返事は後で聞かせてくれ」

それより、とジェラールは早口で言うと、仁の体を引き寄せた。

「君を食べたい」

国王の顔が一人の男のそれに変わる瞬間を見つめながら、仁はそっと、ジェラールの腕を掴んだ。

唇を重ねるたびに、知ることがある。エルスという果実は、即効性ではないということだ。口にした夜からずっと、仁の心は体に引きずられるようにして、ジェラールにとらわれている。

「イェルハルド様は本日より四日間、お戻りになりません」

シーグバーンがそう言ったのは、ジェラールの誕生日を祝うパーティーを二週間後に控えた朝食の席だった。

最近はずっとジェラールの部屋で眠っていたので、自分に与えられた部屋で眠るのは久しぶりだった。カフェオレを口にした仁は、思いきって、聞きたいことを口にする。

「シーグバーンさんは、ご存じなんですよね」

質問に答えはなかった。それが肯定と察して、仁は続ける。

「ここは反対するところではないのですか。私は同性で、他の国から来てすぐに去る者です」

シーグバーンは間違いなく、仁とジェラールの関係に気がついている。それでも何も言わないのが、仁にとっては不思議だった。

「存じております。しかし私は、反対をいたしません」

静かに言いきったシーグバーンは、相変わらずの無表情だ。

「イェルハルド様が即位された事情はご存じですか」

「いえ、知りません」

そこでシーグバーンは、何故イェルハルドが国王になったのかを教えてくれた。

先王の急逝後、王位継承順位によって先王の息子が即位するはずだった。しかしランヴァルドの法律では、即位の条件として二十歳以上というものがある。息子たちはまだ子供だったため、当時二十一歳だったジェラールが即位したのだという。

「イェルハルド様は、現在十七歳の王子が二十歳になられたら、王位を譲られるおつもりです」

「え……何故、ですか」

「自分はあくまでも、王子が二十歳になるまでの繋ぎと考えられているのです。それまでに国を発展させるのが自分の役目だと信じておられる。無用な後継争いも王子のためにはならないからと、ご家庭を持つこともしません。誰かに心惹《ひ》かれることなどないと、いつも口にされています」

でも、とシーグバーンはわずかに声を震わせた。感情を見せない彼にしては珍しい。

「たとえ一時でもいい。イェルハルド様に、誰かを愛することを知っていただきたい。そう思っては、いけませんか」

淡々とした、だけど迫力のある言い方だった。何も言えずにいる仁に向かい、彼は頭を下げる。

「よろしくお願いします」

もし自分が、たとえ一時であってもジェラールを喜ばせることができていたら光栄だと思う。

でも、けっして誇れる関係ではないと、仁自身が気がついていた。

相手は国王だ。たとえあと三年と本人が決めているとはいえども、現在は彼がランヴァルドを治めている。一介のショコラティエである自分とは釣り合わない。

彼の誕生パーティーが終わったら、自分の仕事も終わりだ。すぐにでもこの国を出よう。そう決めたら、やるべきことが見えてくる。まずはシーグバーンに相談だ。

「ご相談があります」


「ジン！　よかった、ジンだ」

パーティーの一週間前、アトリエにやってきたピエールは、迷子になった犬のような顔をしていた。

「普通の店かと思ったら、とんでもないところじゃないか。どういうことだ」

「よく分からないんだが……とにかく、王室のショコラを作らせてもらっている」

一人で作るには限度がある。誰かに手伝って欲しくて、まず連絡したのがピエールだった。

彼は店を辞めていたので、話は早かった。すぐにシーグバーンが手配をしてくれて、これからの一週間、手伝ってくれることになったのだ。

「あれから店はめちゃくちゃだ。ジンを指名した客がいて大慌てしても遅いのにな。ポールのやつ、俺は悪くないって言い訳してたぜ」

楽しげに話しながら、ピエールは早速仕事の準備を始めた。

その日の夕方、顔を出したジェラールは露骨に顔をしかめた。

「彼は？」

「手伝いをお願いしました。一人では限界がありますので。シーグバーンさんにはご相談していたのですが」

「なるほど」

ジェラールはピエールを、不躾《ぶしつけ》なほどじろじろ見てから頷いた。

「ジンの手助けを頼む」

「はい」

背筋をぴんと伸ばしたピエールは、緊張した顔で頷いた。ジェラールは少しだけ作業を見ていたが、いつの間にか出て行っていた。

「なんでお前、国王陛下と平気な顔で喋ってんだよ」

はぁ、とピエールが息を吐いた。

「まあ色々とあって。ああ、これが進行表なんだが」

作る商品の数と順番を説明したら、今日は終わりだ。明日からの作業を打ち合わせたところで解散した。

ピエールに用意された部屋は仁とは違うフロアだったので、階段前で別れる。一人になると考えるのはショコラのことばかりだ。

自分用に与えられた部屋に向かう。ドアの前にジェラールが立っていたので、足を止めた。

「遅かったな」

「仕事をしていましたから。……っと、やめてください。廊下です」

手を引っ張られ、そのまま抱きしめられる。ここは廊下だ。逃げようとする体を押さえこまれた。

「ジン。私の目を見なさい」

ただ目を合わせるだけだ。自分に言い聞かせて、仁はジェラールの目を見つめた。探るような眼差しは苦手だ。そもそも嘘がうまくない。

「何を考えている?」

「どうしてそんなことを聞くのですか」

「……」

ジェラールは答えなかった。小さくため息をついた彼は、後で部屋に来いとだけ言って、仁を解放してくれた。

「はい。後で」

自分の部屋に戻ると、テーブルの上に、封筒が置いてあった。中身は仁のパスポートと航空券だ。フランス経由日本行き、ファーストクラス。こんな機会でなければ乗らないもの。少し前に、シーグバーンに手配をお願いしてあった。ジェラールにこれを見られなくてよかった。

帰る支度は当日で充分だろう。ここに来た時の荷物はごくわずかだ。いつの間にか用意されていた衣服の類は、持っていく必要がない。

両親にそろそろ帰ると連絡をしておこう。

この国を、ジェラールの元を去るまで、あと一週間だ。せいいっぱい仕事をしよう。そして彼を、愛そう。

誕生パーティーを前に、仁は忙《せわ》しなく動きまわっていた。

今回のパーティーは公式のものとは違い、友人や血縁関係のある人たちを呼ぶ私的な集まりだ。三十人弱の招待客分なら、仁一人でも用意はできた。

だがジェラールの希望は、この館で働くスタッフ五百人弱全員に同じものを配りたいというもの。一箱につき九粒のため、用意するボンボンショコラは予備を入れれば約五千個にものぼる。

更に、最終決定したメニューを聞くために料理担当の責任者を訪ねたら、デセールに紋章をデザインしたショコラを載せられないかと言われた。転写シートの用意ができるぎりぎりのタイミングだった。コーヒーに添えるボンボンショコラも必要だと言われて青くなる。

とても一人でできる作業量ではない。ピエールを呼んでおいてよかった。

九粒のラインナップは、前回と同じにして欲しいとジェラールに言われている。味が落ちない時間を逆算しての作業は、前日が最も忙しい。

集中力を切らさないように、一気に仕上げにかかる。この国を代表するものを作る。形も味もすべて同一に。ムラがあることなど許されない。

ガナッシュにフォークを刺してコーティングする作業を、ロスを見込んで数千回以上も繰り返すのは大変だ。それでも黙々と作業を続ける。

「ジンの作業には無駄がなくて綺麗《きれい》だ」

「……ありがとう」

くすぐったくて、どんな顔をしていいのか分からないままそう答えると、ピエールに背中を叩かれた。

「褒められてありがとうって言えるようになったんだな!」

言われてみれば、確かにそうだ。仁はまあな、とだけ返して、トリュフにカカオパウダーをつける工程に移った。通常のトリュフは作りたてが一番おいしいが、オレンジガナッシュを入れたので、カカオの香りが強く出すぎない明日が食べ頃だ。

一種類ずつ、ボンボンショコラが出来上がっていく。最後にエルスのコンポート入りのガナッシュをコーティングし、転写シートで紋章を貼った。

出来上がったものは、明日の朝に箱へ詰めたら完成だ。

「……できた」

これで、自分の仕事は終わった。胸に手を置いた。

「お疲れさま。終わらないかと思ったぜ」

「ああ。ピエール、君が来てくれて助かった」

調理器具を洗う。明日はパーティーの最中に、館を出るつもりだった。

作業を終えたのは日付が変わる頃だったが、仁はシャワーを浴びるとジェラールの部屋を訪ねた。

「遅くにすみません」

「構わない。準備は終わったのか」

既に寝る準備に入っていたのか、ジェラールはガウンを羽織っていた。

「はい」

おいで、と抱きしめられる。そのままベッドに横たえられて、唇を重ねる。ごく当たり前のように、仁は唇を開いた。だがジェラールはすぐに唇を離してしまう。

「明日も早い。早く寝よう。おやすみ」

そのまま抱きしめられ、寝る態勢に入られる。仁は呆然《ぼうぜん》としながらジェラールの腕の中に収まった。

最後の夜だ。彼を体で感じておきたかったと思うのは、自分勝手だろうか。


翌朝はまず、ショコラの箱を準備することから始まった。作業台に並べるだけ並べて、出来上がったショコラを詰めていく。

すべてが終わるとリボンかけだ。休憩している余裕はなかった。ただひたすらリボンを結ぶ。やっと終わったのは、パーティーが始まる一時間前だった。

「はぁ、終わったな」

箱とデセール用のショコラをすべて一階のパーティー会場近くの厨房へ運ぶと、仁は息をついた。

「ああ、なんか、やりきったって感じだ」

廊下を歩くピエールはそう言いながら、あたりを見回す。

「そうだ、ジン。俺、いいもの見つけたんだ。ちょっとここ、見てくれよ」

ほら、と引っ張られた先にはドアがあった。ピエールはそれを戸惑わずに開ける。中はゲスト用なのか、仁の部屋と同じ作りだ。

「どこだ?」

「悪いな、ジン」

いきなり背を強く押され、足がもつれた。勢いで数歩先に進んだ仁の後ろで、ぱたん、という音がする。

「おい、ピエール⁉」

そこにいるはずのピエールの姿はなかった。正確に言うならば、見えなかった。仁の目に入ってきたのは、重厚なドアだ。しかもそのドアから、がしゃん、と音がした。

「なんだよ、おい」

ドアノブに手をかける。だが空回りするだけだ。鍵をかけられたのだ。

「冗談はよしてくれ。ピエール、おい、いるんだろ」

ドアを叩きながら、声を上げた。まさかピエールにこんなことをされるとは、想像もしていなかった。

どうしよう。パーティーの間に荷物をまとめて帰るつもりだったのに。計画が狂ってしまった。

とにかくこの部屋から出なくては。仁は室内を見回した。クローゼットに、黒のスーツ上下、シャツ、ネクタイに靴が用意されている。ベッドサイドにある電話は外されていた。

「なんだ、これ」

閉じ込められた。ソファに座り込んで頭を抱える。シーグバーンとの打ち合わせでは、三時間後にはこの館を出る予定だった。

とりあえず助けを呼ぼう。仁は立ち上がると、ドアを叩こうとした。だが手を振り上げた瞬間、ドアが開く。

「あ、わっ」

バランスを崩した体を抱きとめたのは、ジェラールだった。黒のスーツで正装している彼は、立っているだけでも美しい。

「なんだ、着替えていなかったのか」

「は？　えっと、……？」

腕を摑まれ、室内に戻される。ジェラールはクローゼットを指差した。

「いいから、早く着替えろ」

「どういうことですか。私はただ、ピエールに閉じ込められて……」

「私が命じた。君が逃げないように。さあ、脱げ」

彼の指が服にかかるのを、仁は呆然と見つめた。何が起こっているのか、さっぱり分からなかった。

クローゼットにあったスーツ一式を着せられ、向かった先は一階にあるホール、つまりは今日のパーティー会場だ。仁が逃げないようにとジェラールはずっと手を握ったまま離してくれなかった。

「何故ここに？」

「君に会わせたい人がいる」

扉が開く。ジェラールと手を繋いだまま、仁は立ちつくした。

まぶしくて何かよく分からない空間だった。徐々に目が慣れると、天井からつりさげられたシャンデリアが光を放ち、壁に飾られた花が彩りを与えているのだと分かる。

ゆったりとした配置でテーブルが置かれ、それぞれに盛装した人々が座っていた。華やかなざわめきに圧倒される。自分の場違いな感じがやるせない。

「……」

ジェラールが何か言うと、ざわめきが収まった。彼は続けて、仁から手を離すと、肩を抱いてきた。

拍手をされる。誰かが何かを言っているが、分からない。色づいた空間に戸惑っていると、ジェラールが口元を緩めた。

「君が私の伴侶《はんりょ》だと宣言した」

「は？　えっ、どういう……んっ」

腰に手が回された次の瞬間には、正面から抱きしめられていた。咄嗟に逃げようとする体を押さえこまれ、両頰を包まれる。

「っ、う」

それは人前では許されないような、熱烈で濃厚なキスだった。


「……信じられない」

公衆の面前で激しく口づけられた挙句、感じ切った顔を晒《さら》した仁は、できるなら消え去りたいと思っていた。

キスの後、仁はそのままジェラールの隣に座らされ、食事をした。紹介された中には甥《おい》に当たる王子もいて、おじをよろしくお願いしますとまで言われた。まだ若々しい、日本だと高校生くらいの王子の前で、あんなキスをされたのだと思うと血の気が引いた。

料理はどれもおいしかったはずだ。でも味はよく分からなかった。最後のデセールは聞いていたメニューと違ってエルスのコンポートで、それをジェラールは一口大に切って仁に食べさせた。

ランヴァルドの結婚式ではよくあることだと、小さな声でシーグバーンが教えてくれた。彼は最初から仁ではなくジェラールの味方で、仁の行動はすべて報告されていたらしい。ジェラールの側近だから当たり前かもしれないが、裏切られたようで悲しい。

最後は拍手で見送られた。精神的に疲れた仁を、ジェラールは抱きかかえるようにして部屋へ運んだ。

大きなベッドに腰を下ろし、脱力する。あの場でジェラールを突き飛ばさなかった自分を褒めて欲しい。

「君は私に黙って日本へ帰ろうとしていただろう」

カフスを外しながらジェラールは鼻を鳴らした。

「逃がすものか」

「本気、ですか？」

「偽りであんなことをすると思うのか？」

ネクタイを緩めたジェラールが、つかつかと歩み寄ってくる。

「私は君が作るものに惚《ほ》れた」

ちゅっ、と音を立てて首筋に唇が落ちる。

「そして今は、君のすべてを好きになってしまった。恋をしてはいけないのだと思っていた私を、夢中にさせた君は責任をとるべきだ。逃げることなど許さないよ」

「だからと言って、なんで騙《だま》すような真似《まね》を。ピエールまで巻き込んで」

「ベッドで他の男の名前を呼ぶな」

ジェラールが唸《うな》るように言った。

「他の男って、……友達みたいなものです。今回も助けてくれた」

「それは分かっている。それでも、……君が私よりも彼に心を許しているのが気に入らない」

不機嫌さを隠しもせずにジェラールは言う。案外、子供っぽい態度だ。

「彼は信頼する仕事仲間で友人です。疑う必要はありません。キスのひとつもしたことがないのだから」

「当然だな。それでも、私は嫉妬《しっと》をするだろう」

柔らかな口調でそう言ったジェラールは、仁に顔を寄せてきた。口づけられるのだと目を閉じた仁だったが、すぐに痛みに目を開けた。

「いたっ」

首筋に噛みつかれた。もしかしたら血が出たのではないかという強さだった。

「何をするんですか」

目を開けて、満足そうに見下ろすジェラールを睨む。

「私の痕を残しただけだ」

する、っとネクタイが抜かれる。いつの間に、と思う間もなかった。

「ジン。私は君が好きだ。君はどうだ?」

左胸の上に手を置かれる。自分の心音が少しずつ速くなるのを感じつつ、仁は唇を噛んだ。

「一晩だけなら、エルスのせいにもできた。でも違う。私たちは何度も愛しあっている。つまりそれは、君も私が好きだということだろう？」

シャツのボタンに手がかかる。肌が露《あらわ》になっていくのを感じながら、仁は身じろいだ。ここで頷けば、もう逃げられないことくらい分かる。でも自分にはその覚悟がない。だって、彼は国王なのだ。こんなひたむきな目を、仁に向けていい人じゃない。恋することを思いだした彼は、ふさわしい相手と結ばれるべきだ。自分はここで別れて、思い出になればそれでいい。

「ジン。答えて」

まとまらない思考を口にしかけてはやめている間に、ベルトが外された。いつになく乱暴に、下着ごとスラックスを脱がされる。スーツの上着は剝《は》ぎ取《と》られ、シャツ一枚の姿になった。

「答えない君は意地悪だ」

「あ、やめっ」

ジェラールの指が無造作に性器を掴む。数度扱《しご》かれただけでそこは簡単に熱を帯びた。体中の血液がそこへ集まっていく。

ジェラールは仁の足を開かせると、その間に体を入れた。そして迷うことなく、仁の下腹部に顔を近づける。

何をされるのか分かって、血の気が引いた。

「だめです、そんな、汚い……」

思わず日本語で口走った。朝から作業で汗をかいているのだ。せめてシャワーくらい浴びたい。

「汚くはない」

そう言ってジェラールは、仁の性器に唇を寄せる。——あれ、今、何かおかしかった。

「ま、待って」

仁が口にしたのは日本語だ。ジェラールはそれに答えた。

ただの偶然か、それとも。

「なんだ」

ジェラールが眉を寄せた。

「日本語、分かってますね……?」

ジェラールは何も言わず、ただ仁を見つめている。だがその瞳が、ほんのわずかとはいえ震えたことを、仁は見逃さなかった。

彼は、分かっている。

「……最低だ」

仁は手近にあった枕を手に取ると、ジェラールにぶつけた。

「分からないと思っていたのに、……嫌いだ、あんたなんて嫌いだ」

「それはひどい」

もう隠すつもりはないのだろう、ジェラールからはぎこちないが日本語が返ってきた。

「やっぱり、日本語が分かってる！　分からないと言ったじゃないか」

「読んだり書いたりはできない。話すのも得意ではない。ただ聞きとることはできる。私は耳が良くてね」

音を立てて血の気が引いた。仁は両手で顔を覆う。自分がこれまでジェラールに対して日本語を使ったのは、ベッドの中だけだ。

ではベッドの中で、自分はどうしたか。どうせ彼には分からないだろうと、大胆な言葉を口走ったことしか思いだせない。分からないと思ったからこそ口にできた言葉を思いだして震えた。

「だがすべてではない。お前が口にした言葉はどんな意味か、後で調べている」

ジェラールに追い打ちをかけられ、仁は泣きたくなった。全部が理解できていないとはいえ、恥ずかしいことに変わりはない。

「……早く言え」

羞恥で顔から火が出そうになるあまり、言葉が乱暴になった。

「日本語で喋る時のほうが、君らしいな」

小さく笑ったジェラールは、仁の両足を抱えて持ち上げた。何も隠すことができない状態で、彼は笑う。

「君の乱れる姿を全部見る。私に何も隠すな。すべて聞かせてくれ」

首から鎖骨までを辿った指が、乳首へと辿りつく。存在を主張するそこを軽く弾かれただけで、体がかっと熱くなった。

電気は点けたままだった。消してもらえなかった。ジェラールは仁の乳首に吸いつくと、わざとかと思うほど大きな音を立てて舐めしゃぶった。

「あ、うっ」

ジェラールの唾液で濡れ光るそこを指でつままれる。無意識に腰が揺れた。

「気持ちがよさそうだな」

昂ぶりを隠すことは不可能だった。ジェラールの視線が舐めるように這《は》う。

「も、や……、め」

ジェラールの髪を引っ張り、押しのけようともがく。だけど彼は仁の手を払うと、頭の位置を下げた。

へそから唇が下へと向かう。下生えには指が絡む。昂ぶった性器の先端からとろりと体液が溢れ、それをジェラールが、舌ですくった。

「あ、だめ……きたない、から……」

先端から根元までを舐められ、腰が引ける。するとジェラールは仁の腰を掴み、ゆっくりと唇を窄めた。

「は、ぅ……だ、めっ……」

根元まですっぽりと口に含まれた瞬間、腰から下が蕩けるような快感に襲われた。温かく濡れた感触に包まれ、つい声を上げてしまう。

頬で締めつけられた状態で頭を上下されると、勝手に腰が揺れる。だけどジェラールはそのリズムをわざと外してきた。もどかしい刺激がたまらない。

「だ、めっ……んんっ……」

根元は指できつく縛《いまし》められる。達する手前で足踏みをされ、仁の唇は半開きになった。唾液が溢れる。

「今日は声を出さないのか？」

頭を振って拒む。まさか彼が日本語を理解しているとは思わなかった。彼が分かっていないと思ったからこそ、どんなはしたない言葉も紡げたのだ。

「いいから、早く……！」

足でジェラールの顔を挟むようにする。それを払ったジェラールが、着ていた服を脱ぎ捨て下着姿になった。

そこには獣がいた。しかも、捕まえた獲物をすぐには食べず、なぶって遊ぶ獣だ。

口元を手の甲で拭ったジェラールは、仁の足を大きく広げた。サイドテーブルの引き出しから出されたボトルには見覚えがある。二回目の夜からジェラールが用意しているものだ。

手のひらに出したそれを両手にまぶした彼は、窄まりの表面をそっと撫でた。ぬめりで覆われたそこに指を押し当てられる。

快感を知ってしまった後孔は、わずかな抵抗だけで指を飲み込んだ。はしたない反応を隠せない羞恥に、仁は目をきつく閉じる。

「初めて君を抱いた時に」

ジェラールは内側を探り、濡らしながら囁く。

「こんなにも自分にぴったりの体があるのかと驚いた。あれからずっと、私は君を抱くことばかりを考えている」

「ひっ、ん……」

中に埋めた指が、感じる場所を探る。達する手前で放置されていた昂ぶりから体液が溢れた。幹を伝うそれに目を止めたジェラールが、濡れた指で性器を扱く。

「や、これ、だめっ……」

もう限界だ。達したくて体を揺らす。だがジェラールの指は意地悪にも離れてしまい、代わりとばかりに、指がまた増えた。

三本の指が出入りする。痛みがないのが怖い。震える仁の体の奥を探り、濡らしながら、ジェラールの息遣いも乱れていく。

「もう、いい、から」

わざと日本語で言った。ジェラールは一瞬だけ迷うような顔をしたが、仁から体を離すと、下着を脱いだ。

何度見たって驚くような大きさの性器に手を伸ばす。下生えがないせいか、根元の袋を指で転がしやすい気がする。

「うっ……ジン、君の中に、入らせてくれ」

切羽詰まった声を上げたジェラールが仁を組み敷く。膝が胸につきそうなほど体を折り畳まれ、後孔に熱が宛がわれた。

「っ……」

「んんっ」

昂ぶりが性急に埋められた瞬間、下腹部に生温かいものを感じた。慌てて仁はそこに目を向ける。

「え、うそ、……」

貫かれた瞬間に達していたらしい。遅れて快感がやってきて、仁は目を見開いたまま腰を振り、ジェラールの性器を締めつけた。

「ああ、……だめだ、ジン。そんなに私を誘うな」

うっとりとした声を上げながら、ジェラールが入ってくる。奥へと進んでもじっとしてくれず、小刻みに腰を揺らされた。

「君の体は、どこまでいやらしくなるんだ」

仁の左足首を持ち上げ、唇を落としながら、ジェラールが囁く。

「あ、何これ、うそっ」

ジェラールの昂ぶりが、仁の弱いところを擦る。達したばかりの体を翻弄《ほんろう》され、体温が上がる。このままでは溶ける。

口元を手で覆い、必死で呼吸を整えようとする。ジェラールはベッドに手をつくと、ゆっくりと腰を前後させた。仁の内側を楽しむような動きだ。

「も、う……」

逃げようとする仁の腰を掴んで押さえ込み、更に深いところを穿つ。のけ反った胸元を指で探り、軽く弾かれた瞬間、仁の目の前は白く染まった。

「っ、い、くっ……」

無意識に伸ばした手をジェラールが掴む。彼は苦しそうな顔で、ジン、と呼んだ。

「私のそばにいると、……誓うね？」

最初から肯定しか求めていない質問に、仁は小さく笑って頷いた。これからのことはまた考えよう。今はとにかく、ジェラールのすべてを感じたかった。

「ああ、よかった。これで君は私のもので、私は君のものだ」

指を一本ずつ絡めるように握り、ジェラールが囁く。彼が体重をかけてきて、肌が重なった。汗ばんだ感触が興奮を煽《あお》る。

大きく腰を使うジェラールに合わせるように、仁も体を揺らした。リズムが重なり、二人で頂点へと駆け上がる。

「ん、ああっ、い、くっ……」

「くっ……あ、ぁ……」

弾ける。辿りついた頂点で、指先まで震えるような快感に襲われながら、仁はジェラールに口づけた。彼は少し苦しそうな声を上げながら、仁の内側へ欲望を放つ。

熱くてすべてが溶けだしそうだ。もし溶けるならば、彼とひとつになりたい。そう願いながら、仁はジェラールの唇を舐めた。

ほんのりと、自分が作ったショコラの味がしたような気がした。

ショコラティエ休日レシピ

高科満典《たかしなみつのり》は首を傾げた。おかしい。計画がどこかから、確実にずれはじめている。

今日は恋人の稲場英一《いなばえいいち》と二人揃っての休日。高級ホテルでお泊まりデート。どう考えたって恋人同士ならば甘い時間が流れるはずだった。おじから宿泊券を貰った時からそれを夢見ていた。

だけど今、高科は真顔の英一と向かい合っている。間にあるテーブルに鎮座するのは、クラシックな三段式のアフタヌーンティーセット。

「このタルトのピスタチオは食べやすくていいいな」

タルトを噛った英一は完全に仕事モードだ。高科も相槌を打ちながら、はたしていつ英一は恋人モードになってくれるだろうと考える。

高科の脳内では、ホテルにチェックインしてからラウンジでゆっくり話をしたり、近くの美術館を訪ねたりする予定だった。ホテルの入ったビルには商業施設もあるので、買物をしてもいい。そんなデートっぽい希望を胸に、都心の高級ホテルにやってきたのだ。

まずおかしいと思ったのは、ホテルに向かうエレベーターホールだった。普段はスタッフ一人の場所に、なぜか複数の警備員がいたのだ。どうしてこんなに物々しいのかと思いつつ、エレベーターに乗り込んだ。

　到着した高層階にあるメインロビーの警備も厳重だ。チェックインする際に何かあったのかと聞いたら、どうやらそれなりの宿泊客がいるらしい。タイミングが悪かったがこればかりは仕方がない。

「さて、これからどうする？」

　ベッドルームのほかにリビングもある部屋に荷物を置き、物珍しそうに室内を見ている英一に問う。すると珍しく英一が、

「ここのティーラウンジに行こう」

と言い出した。彼からの提案は珍しいので大歓迎だ。

　そうしてやって来たどことなくオリエンタルな空気が漂う空間は、平日の午後という時間帯のせいか女性客がほとんどだった。男二人にはハードルが高めの雰囲気である。さすがに高科でも周りの目は気になるのだが、英一は周囲を気にする様子もなく、名前を名乗った。どうやら予約をしていたらしい。

　案内されたのは眺めのいい窓際の席だった。ゆったりとしたソファに腰かけると陽射しが熱いくらいだ。暑がりの高科は着ていた薄手のジャケットを脱いでシャツ姿になった。

「ここで食べてみてもいいか」

　英一の希望でアフタヌーンティーセットを頼んだ。飲み物はシャンパンを選ぶ。

「先輩がこのホテルで働いているんだ」

言われてみればこのホテルに誘った時に英一がそんなことを言っていた。その先輩が作っているものを食べたいと思ったのだろうか。

先に運ばれてきたシャンパンで小さく乾杯をした。甘すぎないすっきりとした泡が期待を高めてくれる。

「お待たせいたしました」

運ばれてきたのは三段スタンドと、別皿のアミューズ、かごに入ったスコーン。低めの丸いテーブルが瞬く間にいっぱいになる。

まずはアミューズのピクルスとアスパラのスープを食べ、一番下の皿にあったきゅうりのサンドイッチをかじる。

「……うまいな」

「ああ、どれも定番だがおいしい」

セオリー通りに下の皿から、色が薄いものから食べていく。クロテッドクリームをたっぷりと塗ったスコーンを食べ終え、キッシュの載った真ん中の皿に手を伸ばした時、英一がシャンパングラスを手に高科を見た。

「反田仁《はんだじん》というショコラティエを知っているか？」

「名前は聞いたことがある」

少し前、どこかの国で王室御用達に選ばれた日本人ショコラティエの話を聞いた。確かそんな名前だった気がする。

「専門学校時代からの友人なんだ」

英一が紅茶を飲みながらそう言ったので、高科は思わず手を止めた。英一の、友人。その単語が頭をぐるぐる回る。

「……あんたにも友達いたんだ……」

キッシュを手にしみじみそう言ってしまった。

「失礼な」

憮然とした顔をした英一だが、言われてしまう自覚もあるのか、それ以上は何も言わずにグラスを傾ける。

英一は決して人づきあいがいいといえる性格ではない。それは恋人である高科に対する態度だけでなく、彼の弟である真二《しんじ》の発言からも察せられた。

だが高科の師匠でもあるショコラティエともパリで親交があったし、意外と交友関係は広いようだ。

「で、その人がどうかしたのか」

キッシュを口に運ぶ。ラタトゥイユが載ったキッシュは意外なほどさっぱりした味で、シャンパンに合った。

「仁はこのホテルに就職してチョコレートに目覚めたそうだ。今ちょうど日本にいて、お前を紹介しようと……、ちょうど本人が来たな」

「え?」

英一の視線の先に目を向けると、こちらに向かって歩いてくる男の姿があった。細身で黒髪の彼が、そのショコラティエか。

「久しぶりだな」

まず英一が声をかけた。

「久しぶり、英一。君がここに来ていると聞いて飛んできた」

一目で上質だと分かるシャツを着た彼が微笑んだ。すっきりと整った目鼻立ちをしていて、スマートな印象だ。

「もしかして、こちらの彼が?」

視線を向けられて、高科は立ち上がった。

「……はじめまして。高科と言います」

「はじめまして、反田です」

頭を下げた彼からは、果実のようなさわやかな香りがした。ショコラティエが香りを身に着けているなんて珍しい。

「とりあえず座ったらどうだ」

英一に促されて、反田は席に着いた。様子を見守っていたホテルのスタッフが近づいてくる。彼は紅茶を注文した。

英一は一体どういうつもりなのか。高科も座りながらそちらを見る。彼は反田にアフタヌーンティーの一番上の皿を指さしているところだった。

「これ、どう思う?」

「うーん、この席が暖かくなることを考えていないのかな」

彼らの目線の先にあるのは、ボンボンショコラだ。窓際の席においてあったせいか、表面がわずかに溶けている。

「そうみたいだ。味はいいのにもったいない」

「いただけないな、あとでちょっと先輩に話しておく」

穏やかな口調と表情だが、反田の目は真剣だ。たぶんこの人は英一と同じタイプの人間だと高科は思った。顔立ちはともかく、雰囲気が似ている。専門学校で仲良くなったというのもよく分かる。

「ところで、ちゃんと紹介はしないつもりか」

反田と目が合う。英一が苦笑した。

「そんなに急かすな。こちらの高科……さんも、仁と同じくショコラティエなんだ」

「トリニティヒルズにお店を出している方ですね?　お話は聞いていますが、本当にお若くてびっくりです」

いえいえ、と高科が首を振る。

「こちらこそお話は聞いております。まさか稲場さんのお友達だったとは」

「こいつ、俺には友人がいないと思っているんだ」

英一が軽く口を尖らせた。そんな表情をするなんて、よほど気を許している友人なのだろう。

「まあ少ないのは事実だね」

ばっさりと言い返した反田に思わず笑った。彼は英一に睨まれても構わず、スマートフォンを取り出した。

「そうだ、電話番号を教えて。君は電話じゃないと連絡つきにくいだろう?」

さすが友人だけあって英一の扱いを心得ている。高科は無言で頷いた。

「お前が帰国すると言った時はすぐにメールに返信しただろ」

「あれはびっくりした。あの時はありがとう、当時も大変だったけど、今は別方向で苦労してるよ」

連絡先を交換する二人を眺める。仲が良くても不思議なほど嫉妬する気持ちにならない。むしろ英一の知らない面を見せてくれて嬉しい。自分といる時や、弟の真二相手の時とも違う英一の表情が新鮮だ。

た。


「いつまで日本に？」

「今週いっぱいかな。君のお店が入っているトリニティヒルズも見学する予定」

反田の口からトリニティヒルズの名前が出てきて、高科はグラスに伸ばした手を止めた。

「それなら店に来てくれ。真二も喜ぶよ」

「真二くんにも会いたいな。最後に会ってからもう何年経つだろう」

紅茶が運ばれてきた。反田はそれを口に含んでから、高科に体を向けた。

「もしよかったら、日本のチョコレートの傾向を教えてもらえますか」

「ええ、もちろん」

改まって言われて高科は少し姿勢を正した。

それから反田が紅茶一杯を飲み干すまで、英一を含めた三人でチョコレート業界の話をした。ほんの数ヵ月前まではパリにいたという反田からは、現地のことを教えてもらう。

「コストカットと称して材料の質を落とす前に、まずロスを少なくするのが大事だと」

第一印象通り、反田は英一と似た性格だということが、言葉の端々から伝わってくる。彼が作るボンボンショコラはどんな味なのか、知りたくなってきた。

「……できたら連絡先を教えていただけませんか」

声を弾ませた反田に言われ、高科も連絡先を交換した。

「ありがとうございます。とても勉強になりました。今度お店に伺いますので、その時もよろしくお願いします」

「ええ、ぜひお立ち寄りください」

「ありがとうございます。一緒に行く方はショコラが大好きなので喜ぶと思います」

そう言うと彼は、あっ、と声を上げて腕時計を見た。

「こんな時間に。そろそろ行かなくては。……ではまた」

お邪魔しましたと言って去っていく背中を見て、英一が目を細める。

「元気そうで良かった。色々あったから心配だったが、もう大丈夫そうだな」

含みのある口調が気になるが、英一が話さないということは今聞くタイミングではないのだろう。そう考えて、高科は話題を変えた。

「ところで、なんで俺を紹介したんだ?」

「……ちょっと、色々と。仁からも、日本のショコラティエと話がしたいと言われていたのもあって。ただ今日、彼がここに泊まっているのは本当に偶然なんだ」

英一は妙に早口だった。

「ふーん」

何か隠しているような気がするけれど、追及はやめておく。高科は視線を目の前の三段スタンドに向けた。

「しかしアフタヌーンティーって微妙な量だよな。俺でもこれ結構腹一杯なんだけど」

話しながら三段目に手を伸ばしたが、思っていたよりも腹にたまる。最後に残ったボンボンショコラを口に入れた。確かに英一が指摘した通り、表面が柔らかくなりすぎている。

「そうだな、おやつにしては多い。この時間にこれを食べたら、夕食は軽めになるだろうな」

さりげなく周囲を見回す。陽射しが陰りはじめた時間、周りの女性客はほぼ食べ終えているようだ。

「少食の人もいるから、アフタヌーンティーセットはがっつり系と軽め系があってもいいかもな」

カフェのメニューにいいかも、と思って口に出す。

「いっそディナータイムに出すか」

英一は真顔で言った。

「それアフタヌーンティーっていうのか？」

「違うな」

いつもより少し砕けた表情で英一が笑う。それが妙に嬉しくて、高科もつい笑顔になってしまうのだ。

「でもまあ、こういうのってビジュアル的にわくわくするから、夜にやってもいいかも。アルコールにあわせて、つまめるものをスタンドに盛って」

思いつくままに提案したら、英一の目が輝いた。

「それはいいな。試してみよう」

結局、いつものように仕事の話になってしまう。お互いにいつも頭の中に仕事があるのだから仕方がない。それにこれはこれで、同じ目的に向かって進めて楽しい。

ティーラウンジを出ても部屋には行かず、宿泊者専用のラウンジに立ち寄る。大きな窓の前の席に並んで座り、あらためて乾杯をした。

「……うまいな」

英一はシャンパンが好きだ。今日もまた飲んでいる。あまり飲ませすぎるとよくないのでそろそろ止めようと思いつつ、つい飲む姿を眺めてしまうのは、酔った英一が色っぽいからだ。

生真面目な性格そのままにいつも凛としている表情が緩んで、頬がほんのりと赤くなる。その横顔を見ていただけでたまらない気持ちになった。

そういえば、こんな風に人目のあるところでゆっくり過ごすのは久しぶりだ。顔を合わせるのはどちらかの店内か高科の家が多かった。二人きりだと躊躇なく触れられたが、ラウンジに人がいる今は気軽に手を伸ばせない。

悶々とした気持ちを抱えつつグラスに口をつけていると、不意に英一が言った。

「今日、仁にお前を紹介したのは」

小さな声だ。聞き逃したくなくて、高科はさりげなく英一の口元に耳を寄せた。無言で続きを促すと、高科が頬を染めて俯いた。

「その、……仁はパートナーができたらしくて、それで帰国したようなんだ。だから俺も、その……」

続く言葉を英一は飲み込んでしまう。だがそれでも、高科には十分だった。

つまり、英一もパートナーのつもりで、自分を紹介してくれたのか。彼の友人に。

「……まずかったか？」

黙った高科をどう思ったのか、英一がちらりとこちらを見た。

こんなかわいい顔で、こんな告白をされて正気を保てというのか。

高科は自分の息を飲む音をはっきりと聞いた。そしてどんどん速くなっていく鼓動も自覚する。

「まさか。最高に嬉しい。反田さんとは今度、ゆっくり話してみたくなった」

勝手に頬が緩む。どきどきと弾む胸が暴走しそうで、高科は一度、深く息を吸った。気づけば呼吸も浅くなっていた。

「あいつはお前と違うタイプのショコラティエだが、いい味を作る。今度食べてみるといい」

「ああ、俺も食べてみたい。……なぁ」

高科は英一に視線を向けた。

「これ飲んだら、一度部屋に戻らないか」

英一に触れたい。そう思ってしまったらもう止められなくて、そう切り出していた。こんなに近くにいるのに、触れられないのがもどかしい。

「そうしよう」

英一も素直に頷《うなず》いた。それからお互いのグラスに入っていたシャンパンを一気に飲み終え、ラウンジを出る。

部屋までの距離が遠い。エレベーターに乗り、廊下を一歩進む度に気持ちが昂《たか》ぶるのを感じる。高科は勢いよく部屋のドアを開けた。

「おいっ」

ドアを閉めた瞬間、英一を後ろから強く抱きしめた。酒が入っているせいか、英一の声が普段よりも甘い。

「英一」

首筋に顔を埋めて名前を呼ぶ。彼の髪が鼻先をくすぐった。

「欲しい」

直球での要求に驚いたのか、英一の体が強張る。

もっとうまく、雰囲気を作ろうとか自然な流れでとか、計算していた。でもそれが一瞬で吹っ飛ぶほど、……発情した。

「だめ？」

付き合い始めて分かったが、英一はおねだりに意外と弱い。甘えられると拒めないところがあるのだ。長男気質なのか、甘え上手な弟の真二の影響か。

「……ここではいやだ」

耳の後ろまで赤く染めてそんなことを言われて、我慢できる男がいるだろうか。高科は自分の鼻息が荒くなるのを自覚しつつ、英一を引きずってベッドに飛び込んだ。

「なあ、脱がせてくれよ」

ベッドに横たわった高科は、英一を自分の上に乗せた。目元から頬、首筋にかけてを赤く染めた英一の指が、高科のシャツに伸びてくる。

英一がボタンをひとつ外す度に、キスをする。そうして全部外したところで、深く唇を重ねた。

計画とは違うはじまりだったけれど、無事に甘い夜を過ごせそうだ。

パティシエ溺愛レシピ

真っ白のスケッチブックに円錐形《えんすい》を描く。そこに小さな丸をくっつけていき、タワーのような円錐形にする。その周りにリボンをぐるりとまとわせたら、出来上がり。稲場真二《いなばしんじ》は色鉛筆を置いた。

描いていたのは、クロカンブッシュというフランスでは伝統的なウェディングケーキだ。小さなシューを積み上げ、飴《あめ》やカラメルなどを接着剤として固めて作る。周囲を飴細工やフルーツで飾ると華やかだ。

出来上がったスケッチを確認する。とりあえず、ごくオーソドックスな案はできた。続きは明日にしよう。真二はスケッチブックを閉じて立ち上がった。少し肌寒いのは、掃除を終えた厨房《ちゅうぼう》の片隅でスケッチをしていたせいだ。

作業道具を片付ける。試作のミニシューはまとめ、半分を冷蔵庫で冷やしておいたカスタードクリームと一緒にショップバッグに入れた。残りは明日、店で試食してもらおう。

厨房を改めて見回し、綺麗《きれい》になったことを確認する。真二が兄の英一《えいいち》と共にパティシエをしている『パティスリーイナバ』の厨房は、いつも清潔に保たれていた。

冷蔵庫や冷凍庫の温度を記録し、明日のシフトと作業内容を見ておく。明日の段取りを考えながら電気を消した。

先に帰った兄がレジ締めなどの事務作業を終わらせているので、あとは戸締まりをして店を出るだけだ。

ぐるりと店内を見回す。レモンイエローをベースにした店内はいつもならば明るい印象だけど、照明を落とした今は幻想的でどこか寂しげだ。何かが息をひそめているような気配もある。

夜の遊園地にも似た、この独特な雰囲気を真二は気に入っていた。

『パティスリーイナバ』が現在の店舗になって、もうすぐ三年が経《た》つ。トリニティヒルズという複合施設にあり、客足が絶えることもなく順調に営業できていた。

ガラス張りの厨房は通路からもよく見え、立ち止まる子供たちの笑顔も分かる。不満があるとすれば、外の景色が見られなくなったこと。独立店舗が大きな建物の中に入ったのだから仕方がないと分かってはいても、季節に触れられないのは寂しい。

ショップバッグに持ち出しの印を押し、戸締まりを済ませて周囲を確認する。近くの店舗はもう誰も残っていないようだ。

昼間のざわめきが嘘《うそ》のように静まり返った通路を歩き、バックヤードに向かう。人気のないバックヤードは薄暗くて、少し不気味だ。こつこつと、真二の靴音が響く。

最初は一人で歩くのが怖かったけれど、さすがにもう慣れた。それでもちょっとだけ早足になってしまう。

　更衣室でニットとデニムに着替え、リュックにスケッチブックを押し込む。ショップバッグとコートを手に従業員出入口へ向かった。

「おつかれさまですー」

「遅くまでおつかれさま」

　出口の警備員ともすっかり顔なじみだ。真二の父親世代の彼は、開業時に毎日遅くまで残っていた真二をバイトの学生と思っていた。シフトを入れすぎではないかと声をかけられたのをきっかけに話すようになったのだが、彼は真二を未成年かもと心配していたらしい。

　真二は自分が実年齢より幼く見えることを自覚している。中学くらいから顔が変わっていないのは事実だし、残念ながら身長も伸びなかった。

「これ、持ち出しです」

　ショップバッグの印を見せる。

「はい、確かに。外、雨が降ってるから気をつけて」

「……あ、はい。じゃあ失礼します」

　頭を下げてドアを開ける。冷たい風が吹いた。しとしとと雨が降っている。その場で真二はコートを着た。

従業員駐車場に車が置いてある。だが真二の足は無意識の内に、反対方向へ歩き出していた。

足元が濡《ぬ》れるのも構わず、傘もささずに向かった先は、トリニティヒルズの住居棟だ。

トリニティヒルズは郊外の駅前にある複合施設だ。中央の公園を囲むように商業棟と住居棟、オフィス棟が立っている。

夜九時過ぎ、商業棟の路面店部分はまだ営業中だ。住居棟のタワーマンションも明かりが点《つ》いているところが多い。オフィス棟の明かりはまばらだ。

駅から来る人とすれ違いながら進む。マンション住民用の二階建て駐車場で、真二は足を止めた。

この場所に、『パティスリーイナバ』があった。今よりも小さないかにも洋菓子店といった店舗で、二階が住居。両親と兄弟二人の四人暮らしには狭い家だったけれど、毎晩家族揃《そろ》って食事ができて幸せな毎日だった。

ぽつりと落ちた雨が、真二の頰《ほお》を濡らす。

雨は嫌いだ。

母が事故にあった日も、父が倒れた日も、雨だった。じっとりとした雨は、真二から大切なものを連れ去ってしまう。

真二が中学三年の初夏、母が交通事故で命を落とした。定休日で、友人と会うからと家を出た直後のことだった。

　あの日の朝、真二はつまらないことを母に言った。前日の夕食の文句だった。

『こんなに暑いんだからもう鍋《なべ》はやだよ』

『はいはい、じゃあ今日はあんたが作りなさい。母さん今日は出かけるから』

『いいよ、僕がおいしいの作るから』

　任せといてと大口を叩《たた》いて、真二は家を出た。これが母との最後の会話になるとは思ってなかったから、晩御飯に得意料理のオムライスを作ることしか考えてなかった。

　昼休み前に父から学校に知らせが来て、真二はすぐに病院に駆けつけた。同じく駆けつけた兄と共に、まだぬくもりの残る母の体に触れた。

　その日、どうやって家に帰ったのかを、真二は覚えていない。気がつけば家にいて、どこかに電話をかけている父親の背中を見ながら、兄と並んでソファに座っていた。隣に座る兄の横顔が、いつも以上に白かったのだけははっきりと記憶している。

　母のいない家は、静かだった。

　父は無口な職人タイプで、接客は明るい母がこなしていた。店に来てくれた人はみんな母を悼んだ。父は気丈に振る舞っていたが、毎晩寝る前に母の写真に話しかけていたことを真二は知っている。

　店は従業員を増やすことでどうにか対応できた。家のことは三人で手分けして、朝食は父、夕食と洗濯は兄、掃除は真二の担当となった。

当時、比較的時間があったのは兄の英一だ。兄が近くの高校に通い、部活にも入っていなかったのは、店を手伝うためだった。その時間を家事に費やしてくれた兄には、今も感謝している。

兄は子供の頃から父親の跡を継ぐため、高校卒業後は専門学校に進んだ。そして父の元で働いた後、フランスへ修業に出た。すぐにコンクールで入賞するようなパティシエになった兄は、稲場家の自慢だ。

真二は兄と同じ専門学校に進んだが、家を出るつもりはなかったのでそのまま父と働くことにした。最初はもちろんアシスタントからで、焼菓子の一種類を任せてもらえるようになったのは三年目が過ぎた頃だ。

真二が働きはじめるのとほぼ同時期から、駅前の再開発が始まった。店の前にあった工場の閉鎖から始まり、日に日に街の風景が変わる。そしてついに、パティスリーイナバも立ち退く日が来た。

店舗移転のために設けた休業期間は約一年。父は準備をしながら繁忙期だけ知人の店を手伝った。真二は友人に紹介されたレストランで働き、持ち帰るのではなくその場で食べてもらうデセールの勉強をした。

比較的時間があったので、父と過ごす時間ができた。二人でフランスへ行き、観光地や本場のフランス菓子店を巡った。英一が働いている店にも顔を出せたのはいい思い出だ。フランスの有名パティスリーで働く兄の姿は頼もしかった。

　現在の店舗をオープンしてからは、大きなトラブルもなく順調だった。このまま父と二人で店をやっていくのだと、真二は信じていた。いつか兄が戻ってきたら三人で店を大きくしようという夢もあった。

　去年、車で帰宅した父が玄関で倒れた。雨の夜だった。苦しそうに胸元を押さえて頽《くずお》れた父の姿を、真二は今もはっきりと覚えている。駆け寄り、すぐに救急車を呼んだ。近くの総合病院に搬送された父には意識がなかった。

　それでも、店は休めない。不安で押しつぶされそうになりながらも、周囲の助けをかりて店を開けた。必死だった。時間があれば病院に通い、父の回復を祈るしかなかった。

　知らせを受けてすぐに帰ってきてくれた兄と共に、父を母のもとへ送ったのは半月後。覚悟をする時間はあったけれど、それでもやっぱり、涙は止まらなかった。

　だけど悲しみに浸る時間はなく、兄と二人、なにより店のクオリティを維持することに一生懸命だった。目まぐるしい一年はあっという間に過ぎ、季節が一巡することでやっと落ち着こうとしている。

　兄と二人での生活もうまくいっていたと思う。でも最近、兄は少し変わった。友人と飲んで朝帰りしたと言った日から、どうも様子がおかしい。

足元からじわじわと濡れていくような気がする。真二は湿った息を吐いた。雨の日は、何かを奪われるようで怖い。

ぼんやりと立ち尽くしていた真二の耳に、かすかな電子音が聞こえてきた。電話が鳴っている。ポケットに入れていたスマートフォンを取り出した。

「――仕事、終わった？」

通話が始まるなりそう言った。ディスプレイを見なくても着信音で誰か分かる。そもそも真二に普段から電話をしてくるのは、兄とこの人だけだ。

「ああ、今帰ってきた」

驚いた様子もなく、低く落ち着いた声が返ってくる。ただそれだけで、真二の胸が高鳴るから厄介だ。

「じゃあ今から行ってもいい？」

声が勝手に弾む。小さく笑われたように感じたのは気のせいだろうか。

「もちろんだ。……迎えに行こうか」

「いいよ。すぐだし」

目の前の建物を見る。最上階の様子はここからでは見えない。

「でも、雨が降っている」

うん、と真二は小さく言い、指先に力を込めた。

「大丈夫だよ」

明るく言えたはずだ。じゃあ今行くね、と電話を切ろうとした時だった。

「真二」

聞きなれた声が電話越しではなく、クリアに聞こえた。近くにいる。上から視線を下げたその先、トリニティヒルズの住居棟のエントランス前に、彼は立っていた。

きっちりと着込んだ三つ揃いのスーツに傘を持っている。それだけで既に映画の一場面を切り取ったかのような決まり具合だ。彼の周りだけスポットライトが当たっている錯覚を覚えるのは、真二だけではないはず。

派手なところはないのに、とても華やかで目を引く。それが瀬島直志《せじまなおし》という人だ。細いフレームの眼鏡が整った顔立ちを引き立てている。男として憧《あこが》れる長身でしっかりと必要な筋肉のついた体つきと、それを包む上質なスーツ。このまったく隙《すき》のない姿を見たら、誰もが仕事のできる男と評するだろう。実際に彼はとても優秀な実業家だ。まだ三十四歳という若さでトリニティヒルズのオーナーであり、国内有数の建設会社を傘下に収めている。

でも真二は、彼のそんな一面をあまり知らない。きっと瀬島が見せないようにしているのだと思う。

「わざわざ迎えに来なくてもいいのに」

駆け寄った真二を見て、瀬島の表情がほんの少し緩んだ。

「ちょうど上がってくるところだった」

それが嘘だということくらい、真二には分かる。オーナーである彼の駐車場は地下にあり、そこからはエントランスを通らなくとも自分の部屋に入れる。当然、瀬島は真二がその状況を知っていると理解しているはずだ。

つく必要もない、優しい嘘。真二はそれを受け止めて、瀬島を見上げた。出会った時からの身長差は変わらない。

並んでエントランスを抜け、上層階専用のエレベーターに乗り込む。

「髪が濡れているぞ」

「ちょっとだけだよ」

そう言いながら伸ばした真二の手に、瀬島の手が重なる。ぎゅっと手を握られてやっと、真二は自分の指が冷え切っていたと気がついた。

「冷えてるな」

「うん。温めて」

そう返したら、瀬島は無言で指を一本ずつ絡《から》めるように握ってくれた。伝わる体温が真二の胸まで温めてくれる。

上昇するエレベーターの中で、真二は息を吐く。湿った気持ちを追い出して、隣に立つ瀬島を見た。

好き。

顔を見ただけで、そんな言葉が口から出そうになる。

初めて会った日からずっと、真二の心は瀬島に捕らわれたままだ。


九月も終わるというのにやたらと暑い日が続いていた、土曜日。カーテンも強い日差しを遮ってはくれず、とにかく暑い。真二は額に滲《にじ》んだ汗を拭《ぬぐ》った。Ｔシャツにハーフパンツという格好は個別指導塾の個室という場にはそぐわないけど、制服で来ていたらもっと暑かったはずだから、たぶん正解だった。

壁際のエアコンを見上げる。うなるような音を立てているが、ぬるい風を吐き出すだけでちっとも冷たくならない。恨めし気に睨《にら》んでから、その下にある壁の時計を見た。あと五分で、午後一時。約束の時間だ。

今日はどんな先生が来るのだろう。先週とは違う人だと聞いているけれど、またいやな人だったら気が滅入《めい》る。緊張でそわそわしながら、真二は机に置いたペンを手に持った。

ペンをくるくると回しながら、ノートとテキストをぼんやり見る。二時間は長い。早く終わって欲しいと始まる前から願っていると、がらっとドアが開く音がした。真二は反射的に俯《うつむ》いていた。

「稲場真二くんだね、はじめまして」

机の向こうに白いシャツが見えた。真二はゆっくり顔を上げる。

「瀬島直志と言います」

微笑《ほほえ》んだその人は、銀縁の眼鏡をかけていた。その奥の瞳《ひとみ》は優しくこちらを見ている。通った鼻筋に薄い唇の彼はまとう雰囲気が知的で、真二がこれまで出会ったことがないタイプの人だった。

「……どうも」

再び俯いた真二の正面に、瀬島が座った。

「よろしく」

机にノートとペンが置かれる。少しの間があった。真二がゆっくりと顔を上げると、こちらを見ていた瀬島と目が合う。

彼の眼差《まなざ》しは優しくて、ちょっとくすぐったい。

「まずはそうだな、君のことを教えて」

「僕のこと?」

自己紹介を促され、真二は戸惑いつつ、名前と年齢を言った。

「稲場真二、中三です」

あとは何を言うべきだろうか。迷っていると、じゃあ、と助け舟を出された。

「受験生だけど、勉強はどんな感じかな」

「……」

塾だから仕方がないけど、やっぱりこの話だ。でも真二から言うことなんて、何もない。

中学三年の夏休み、真二は朝起きられなくなった。目が覚めてもベッドから出られず、昼過ぎになってやっと起きだす。そして夜明けまで眠れない。

生活のリズムがすっかり乱れてしまったまま夏休みが終わった。そして真二は、学校に行けなくなっていた。

父も兄もしばらくは見守ってくれていた。だが先日、自宅にやってきた担任教師がこのままだと近くで通える高校がなくなると父に言った。別にそれでもいいと真二は思ったが、父はそうではなかった。

『お前は将来のこと、何か考えているのか』

父からそう切り出された夜、たぶんちゃんと初めて、二人で話をした。

父と同じ仕事につきたい。中学を出てすぐ専門学校に入ってもいい。店を手伝いながら定時制の高校に通うという選択肢もある。父にそう言ったが、反対されてしまった。

『とにかく高校は行きなさい』

そうして父が見つけてきた、駅前の個別指導塾に放り込まれたのだ。

父が弁当を作ってくれていた。それを渡され、兄の英一と家を出た。用事があるから一緒に来たと英一は言ったけど、それが嘘だとすぐに分かった。兄は塾の前まで来て、真二が中に入るのを見届けてから、来た道を戻っていったから。

ここまでされて逃げ出せるほど、真二は図太くない。父にも兄にも迷惑をかけていると分かっているし、このままではいけないと分かってはいるのだ。

でも、学校に行きたいとも思わない。勉強もめんどくさい。この塾も苦痛だ。先週話したのは、わざとらしい猫撫で声の、じっとりした目が気持ち悪い先生だった。それに比べたら、今日の先生は格好良い。

「質問が漠然としすぎていたね。学校の勉強で分からないところはある？」

丁寧な問いかけに、真二は首を横に振った。

「……分かんない。行ってないから」

投げやりに答えてから、よく分からない恥ずかしさに襲われる。学校に行ってないのに塾に来ているなんて、おかしいと思われるだろうか。

「行ってない理由を聞いてもいいかな」

瀬島は視線を真二から外さなかった。じっと見つめられているのに、彼には不思議な話しやすさがある。

「……朝、起きられない」

なんだそれ、と笑われてしまうような理由だ。担任に話した時も、嘘だと疑われている気配がした。

でも本当に起きられないのだ。目覚ましの音で目は開くけれど、ベッドから出られない。

真二は意味もなくペンを握った。瀬島の反応が怖くて、勝手に肩が丸くなる。

「なるほど。私《わたし》も朝は苦手だよ」

「え？」

涼しい顔で言われて、真二は瞬《まばた》いた。目の前にいる、なんでもこなせそうなこの人が、朝は苦手にはとても見えない。

「子供の頃からなかなか起きられないんだ。君もかい？」

「ううん、僕は最近」

そこで真二は、続く言葉を言いかけて飲み込んだ。黙る真二に瀬島は何も言わない。何故《なぜ》か沈黙が気まずくなかった。真二は肩に入っていた力を抜いた。

「……六月に、母が」

なんとなく、この人には話せる気がした。真二はぽつぽつと話しはじめた。

交通事故で母が亡くなったこと。その母の背を毎朝夢で見ること。感謝を伝えたいのに、その前に目が覚めてしまうことも。

あの朝をもう一度やり直せる気がして、ベッドから出られない。時間を戻すなんて不可能だと頭では理解しているのに、感情が追いついてくれないのだ。

起きたくない。その怖さをうまく言葉にできなくて、抱えこんでいた。それを少しずつ、まとまりもなく話していく。

瀬島は辛抱強く聞いてくれたから、真二は言いたいことを言いきれた。ちょっとすっきりした。喋《しゃべ》りすぎて喉《のど》が疲れたけど。

話を聞き終えた瀬島は、視線を落として少し考えた後、分かった、と言った。

「本当に分かってくれた？　僕、変なこと言ってない？」

不安のあまり、探るように瀬島を見てしまう。

「変なことなんて言ってないよ。間違っていたら申し訳ないけど、君が怖がっているものがなんとなく分かる。君は起きたらお母さんのいないことを実感するから、起きるのがいやなんじゃないのかな」

真二は必死で頭を回転させた。瀬島の言う通りかもしれないし、違うのかもしれない。答えに迷う。

「……ごめんなさい、分からない……」

正直に言うのは、苦しかった。何故自分のことがよく分からないのか。情けないような、悔しいような、やるせなさに唇を噛《か》む。

「謝らなくていいよ。ただ、起きられない自分を責めすぎるのもほどほどにね」

それに、と瀬島は優しい声で続けた。

「感謝の気持ちは、今から伝えてもお母さんに届くと思う」

その言葉に、真二は弾《はじ》かれたように顔を上げた。

「今からでも遅くない？」

もう遅い、そう思っていた。まだ間に合うのだろうか。

「遅くないよ。君のお母さんなら、きっと分かってくれる」

母に会ったこともない瀬島の言葉が、やけに力強く心に響いた。

「そうだよね。母さんならきっと、分かってくれる」

目を閉じる。脳裏に浮かぶのは母の笑顔だ。そうだ、母はいつも笑っていた。あの朝だって、つまらない文句を言った真二に笑ってくれたじゃないか。

ありがとう、と心の中で母に言う。笑顔が返ってきた、気がした。

母を亡くした日からずっと曇っていた目の前が、少しずつ晴れていく。瞬く度にクリアになる視界が眩《まぶ》しい。

急に体が軽くなった。真二は自分を見つめる瀬島に、無意識の内に微笑んでいた。

「先生、ありがとう」

急にそんなことを言われても困るだろうに、瀬島は黙って頷《うなず》いてくれる。穏やかな眼差しは何事も受け止めてくれそうだ。

「ねぇ」

ふと目に入った時計で、真二は現実に引き戻された。

「勉強しなくていいの」

瀬島がこの教室に入ってから、もう一時間ほどが経っていた。今日は二時間の予定だったはず。

「君がしたいならする。でも私はまずもっと君のことを知りたいと考えているんだ。勉強はその後でもいいと思って」

ね、と微笑まれて、真二は大きく首を振る。

「そうしよう。僕、勉強好きじゃないし」

「好きじゃないことをするのは大変だ」

うんうん、と頷いてくれるのが心強くて、真二は前のめりに聞いた。

「高校って、どうしても行かなきゃいけない？」

真二の問いに、うーん、と瀬島は困った顔をした。

「塾の講師としては行けと言うべきだね。でも私個人としては、やりたいことがあるなら別に行かなくても構わないと思う。やりたいことがない場合は、行ったほうがいい。選択肢が広がるから」

　穏やかな口調で説明されると、素直に理解できた。どうして周りの大人が進学を勧めるかも、分かったような気がする。

「君は何かやりたいことがあるの？」

「うん。うちは店をやってるから、すぐそっちの学校に行こうかと思って」

　真二は胸を張って答えた。やりたいことは決まっている。おいしい洋菓子を作って、みんなに食べてもらうこと。

「へぇ、どんなお店？」

「パティスリー。ケーキ屋さんだよ」

　真二がそう言うと、瀬島が視線を手元に落とした。

「稲場……もしかして、この近くにあるお店かな」

「知ってるの？」

　真二は机に手をついた。距離が一気に縮まる。瀬島は姿勢を正した。

「知っているよ。この辺では有名なお店だよね」

「まあ、それなりに」

　店を褒められるのは嬉《うれ》しい。真二は笑顔で頷いた。

「跡を継ぎたいなら、お父さんも分かってくれると思うけど。専門学校に行きたいってことだよね？」

「うん。でも跡継ぎの線は微妙かな」

椅子《いす》にもたれかかり、真二は足をぶらつかせた。

「うち、兄ちゃんがいるから。跡継ぎは僕じゃなくて兄ちゃんだよ」

「そのお兄さんはもう働いているの？」

「まだ。高二だからこれからだよ。進路は決めてて、今は家のことしながら、フランス語の勉強してる。将来はフランスで修業したいって。兄ちゃんは絶対にパティシエになるよ」

兄の自慢は自然と早口になっていた。

「君はお兄さんが好きなんだね」

「うん」

素直にそう答える。中学の友人たちは家族を疎んじるのが格好いいみたいに言うけれど、真二には理解できない。

「だから僕は、兄ちゃんのサポートができるようになりたい」

真二の夢を遮ることなく聞いてくれた瀬島は、そこで目を細めた。

「そう、真二くんは将来のことをちゃんと考えているんだね。すごいな」

初めてそんなことを言われた。誇らしさと、同じぐらいのむずがゆさでじっとしていられない。とりあえず話題を変えたくて、真二は瀬島を見た。

「ねぇ、僕の話ばっかりじゃつまらないよ。先生のこと教えて」

エアコンの効きがあまりよくないこの部屋で、汗ひとつかかず涼しげな顔をしているこの人のことを、知りたいと思った。

「私のこと？　別に構わないけれど、何から話そうか」

あっさりと言われ、真二は慌てて話題を探す。

「兄弟はいるの？」

無難と判断した問いに、瀬島は頷いた。

「姉がいる。年が離れていてね、もう結婚して子供もいる」

「へぇ。じゃあもうおじさんなんだ」

口にしてから、失礼な発言だと青くなる。幸いにも瀬島は気にしていない様子で続けた。

「そうだね。甥《おい》は君と同い年だから、弟みたいに思っているけど、まあやっぱりおじさんということになってしまうかな」

瀬島の穏やかな物言いで、弟みたいな存在の甥をかわいがっているのだと分かる。いいな、と真二は思った。こんな大人のお兄さんも素敵だ。もちろん、兄の英一だって負けてはいないけど。

「先生は大学生？」

この塾で先生と呼ばれる人も、大体は大学生のアルバイトだと聞いている。落ち着いて見えるけれど、彼もそうなのだろうか。

「そうだね、院生——大学院の一年生だよ」

「頭いいんだ」

大学院、という単語だけで反射的にそう言っていた。瀬島は肩を竦《すく》める。

「そうでもない」

たぶん謙遜《けんそん》だと真二は思った。どう見たって彼からは知的なオーラが漂っている。真二にとって近い大人である中学校の先生よりもずっと、落ち着いた大人の印象だ。

「なんの勉強してるの？」

「経営学って聞いたことあるかな？」

首を横に振る。瀬島は眼鏡の位置を少し直した。

「簡単に言うと、どうやって人を動かして成果をだせるかの勉強だよ」

瀬島は中学生の真二に分かりやすいように、クラスで文化祭に向けてイベントをする時を例にして説明してくれた。

丁寧で分かりやすくて、子供扱いしすぎない。瀬島との会話は楽しかった。初対面の大人の男性と、こんなに長く話したのは初めてだ。

「もう時間だ。今日はここで終わりで」

瀬島が腕時計を見た。

「勉強、しなかったね」

結局一度も開かなかったノートを見る。

「それはまた来週からにしよう」

来週という単語が瀬島から出て、真二はノートをしまおうとした手を止めた。

「……来週も先生が担当してくれるの？」

「君がいやじゃなければ、ずっと私が担当することになる。いいかな？」

「もちろん！」

机に手をついて真二は元気よく答えた。

「来週はちゃんと勉強するからね」

「はい」

素直に返事をして、荷物をまとめる。また来週と挨拶《あいさつ》をして、塾を出る足取りは軽い。

瀬島との会話を思いだしたり、来週も会えるんだと期待したりしている内に、もう家が見えてくる。土曜日の夕方、混雑している店の裏にあるドアを開けた。階段を一段飛ばしで上がって二階へ。

「ただいまー！」

久しぶりに大きな声を出した。勢いよくドアを開けた真二を迎えてくれたのは、兄の驚いた顔だ。

「おかえり」

居間で勉強していたらしい兄が、ほっとしたような表情を浮かべる。

「ちょうど店からシュークリーム貰《もら》ってきたけど、食べるか?」

「食べる。今着替えてくるね」

真二はそう言い、自室に向かう前に居間の隅に座った。飾られた母の写真にそっと手を合わせる。ただいま。

その日は早く眠れた。日曜日も昼前にベッドから出て、散らかっていた部屋を片付けた。母のいない家にはまだ慣れないけれど、何かが少し、先に進んだ。

月曜日は二時間目から学校に行けた。教室に入る時は緊張したけど、友人は真二を特別扱いすることなく受け入れてくれた。授業はついていけなかった。特に数学がまずい。何が分からないかすら分からない。

これは土曜日に質問しよう。楽しみがあれば一週間はあっという間だった。瀬島の説明が分かりやすいおかげで、遅れもなんとか取り戻せた。テストの成績も予想よりよかった。

生活のリズムが戻った真二を見て、父と兄は喜んでくれた。真二自身も、前向きになった自分に驚いている。担任の勧めもあり、高校進学も決めた。そのほうがいいと、瀬島が言ってくれたから。

「――瀬島先生、僕、今週も遅刻ゼロだった」

「すごいな、頑張ってるね」

瀬島が褒めてくれるとやる気が出る。土曜日が待ち遠しくてたまらない。そわそわしてしまう金曜日、真二は思い立ってお菓子を作った。こんなこともできると、瀬島に言いたくなったのだ。

「そうだ、これ。シュークリームだけど、食べる？」

何気ない口調を装いながら、真二は保冷バッグを取り出す。中をのぞいた瀬島が、ゆっくりと瞬いた。驚いてくれただろうか。

「もしかして、これは君が作ったの？」

一目で言い当てられるのは、嬉しいけど複雑だ。

「そう。あ、でも父さんの力もかりて作ったから、味は悪くないと思う。見た目はちょっと、……いまいちだけど」

やっぱり父のようにうまくは作れなかったから不格好だ。でも味見した兄はおいしいと言ってくれたから、口に入れたら大丈夫なはず。

「貰っていいのかい？」

「もちろん。食べて欲しくて作ってたんだから。先生、甘いもの好きだよね」

はい、と手渡したのは、カスタードクリームがずっしりと詰まったシュークリームだ。

受け取った瀬島は、わずかに目を細め、口角を上げた。

「好きだよ」

たった四文字のその言葉が、真二の心を撃ちぬいた。

好きだよ、って言った。真二が作った、不格好なシュークリームを見て。

ぶわっと、全身の毛が逆立つような感覚に震える。

――僕、この人が好きだ。

自分の想《おも》いに気がついた途端、その場で崩れてしまいそうだ。いただきますと言って
シュークリームを食べる彼に、自分は恋をしているのだ。

だから彼を喜ばせたくて、褒めてもらいたくて、頑張れる。だって彼が、好きだから。

「おいしいよ。君もいいパティシエになるね」

微笑まれた時に覚えた喜びで泣きたくなった。

気持ちを自覚した瞬間から、真二の恋は始まった。十五歳の秋、相手は八歳年上の塾講
師で、しかも同性。前途多難な予感もしたけれど、それを蹴《け》散《ち》らす勢いでまっすぐに、た
だ恋をした。

「少し濡れてるぞ」

部屋に着くなり、瀬島は真二の髪に触れた。

「これくらいなら大丈夫だよ」

コートと靴を脱いで自分用のスリッパに履き替える。玄関部分だけでも真二の部屋くらいありそうな広さだ。

迷わずリビングへ向かう。

初めて恋をした。あれから十二年、真二は瀬島とこうして一緒にいる。初恋は無事に実ったのだ。

L字型の大きなソファ脇《わき》に荷物を置いた。なんとなくそこが真二の荷物の定位置だ。瀬島がスーツの上着を脱ぎ、腕時計を外す。その仕草がとても好きなので、真二はいつも見てしまうのだった。

「何か食べた？」

ソファに座った瀬島に声をかける。

「ああ、軽くだが済ませた」

「そっか。じゃあこれ、いらないかな」

ショップバッグを開けて、小さなシュークリームを取り出した。

「試作品だけど」

「それはいただこう」

即答に笑みが浮かぶ。瀬島は今も甘いものが好きだ。

「お前は食べたのか」

「うん、今日は遅くなるつもりで、昼に買ったパンを食べた」

ショップバッグを手に、部屋には相応であろう立派なアイランドキッチンに立つ。蛇口ひとつとっても素敵なデザインなのに、料理をしない瀬島の部屋にあるせいで活躍の場面は少ない。

このキッチンを主に使うのは真二なので、勝手は分かっている。

「ゆっくりしててよ」

立ち上がろうとする瀬島を制して、エスプレッソメーカーをセットする。

この部屋はトリニティヒルズの住居棟の最上階にある。瀬島が日当たりのいい角部屋ではなく中央に位置した部屋を選んだのは、商業棟が見える場所だからと聞いていた。

スクエアの皿にミニシューを並べ、クリームを添えた。トレイにカトラリーと一緒に置き、カフェラテをカップに注ぐ。

瀬島はソファで目を閉じていた。目の下にわずかだが隈《くま》ができている。その少し疲れた様子が端整な顔立ちに鋭さを添えていて、ひどく色っぽく見えた。色気がありすぎて直視できないからちょっと困る。

「はい、どうぞ。いつものより硬いタイプだから」

トレイをサイドテーブルに置き、真二も瀬島の横に座った。

「しっかり焼いてる。クロカンブッシュ用なんだ。あ、クロカンブッシュって知ってる？フランスの伝統的なウェディングケーキ」

「名前は聞いた記憶がある。なんだ、ウェディングケーキを作るのか」

瀬島の手が伸びてきて、真二の腰を抱き寄せた。

「そう、大下《おおした》の結婚式用に」

高校からの友人の名前を出す。最近結婚が決まった彼の相手も同じ高校出身で、偶然にも瀬島の秘書の一人として働いていた。

二人の結婚式は四月に予定されていて、真二も瀬島も招待されている。招待の打診と共に、ウェディングケーキの作製も依頼されたのだ。

「こういうの。高く積めば積むほど縁起がいいんだって」

参考にとスマートフォンに保存していた画像を見せる。

「そういうものなのか。これはどうやって切るんだ？」

ディスプレイを見た瀬島の質問は、ケーキ入刀を想像してのことだろう。真二はスライドして木槌《きづち》の写真を見せた。

「切り分けてもいいけど、木槌で割ってもいいんだって」

「面白そうだな。これはくっついているんだろう?」

「うん、飴でくっつけてる。周りも飴で飾るから、夏は厳しいかな」

真二はそこでスマートフォンを置くと、ミニシューにフォークを刺した。

「ファーストバイトだっけ、あれもこれだとやりやすいね。これだと一口じゃん」

はい、と瀬島の口にミニシューを差し出す。素直に食べてくれる瀬島がかわいい。普段はきっと鋭く厳しい表情を浮かべている彼が、自分の前でだけ見せてくれる特別な表情だ。

「どう?」

「……もうひとつ」

口に合ったようなので、口元に運んだ。

「これくらい硬くてもおいしいな」

「だよね。これ、普通に定番のケーキにしてもいいかと思ってる」

自分もひとつ、食べてみる。ざくっとした食感が普段のシュークリームと違って新鮮だ。クリームはとろりとしたカスタード。

「結婚式は何を着ていくつもりだ?」

ミニシューを指で摘まんだ瀬島が聞いてくる。

「普通にスーツだよ。前にも結婚式で着たグレーのスリーピース。最近着てないから、帰ったら着てみる。きついかもしれないし」

ブラックフォーマルは持っているけど似合わなすぎて、お祝い事には着ないようにしていた。

「そうだな、まだ成長期だから。小さくなっているかもな」

真顔で言いのけた瀬島を睨む。

「またそうやって子供扱いする。どうせ成長期に成長しませんでしたよ」

真二の中では、高校で瀬島との身長差がかなり縮まっている予定だった。これから成長すると言い張り、高校の制服は少し大きめを買った。けれど身長は一向に伸びず、大きい制服が余計に幼く見えた三年間だった。

「そこまで小さくもないだろう」

拗《す》ねた真二を瀬島がフォローする。確かに平均身長近くはあるけれど、父と兄から想像した自分は、少なくともあと五センチは大きかった。

「直志さんがそう言うならいいけどさ」

ミニシューを口に放り込む。最後の一個は瀬島に食べてもらい、真二は皿を手に立ち上がる。使った食器を片付けている間に、瀬島は上着を手にリビングを出て行った。

手を洗った真二は、瀬島がいるだろう寝室をのぞく。

瀬島の寝室には、クローゼットとベッドしかない。

白い壁には大きな文字で時刻が表示されている。壁全体がディスプレイになり、天井の照明部分から映像が映される仕組みだ。

余計なものを置かないどころか必要なものさえ足りていないような、生活感が欠如した空間が瀬島らしい。

クローゼットに上着をしまっていた瀬島の後ろに近づいて、そのまま抱きついた。

「……なんだ」

ぽん、と頭に手を置かれる。

「んー、久しぶりだなぁと思って」

甘えるように言ったら、瀬島が小さく笑った。腕が解かれたかと思うと、そのまま抱き寄せられる。

瀬島の顔が近づいてくる。真二は目を閉じた。

キスはカスタードの味がした。甘い余韻を分けあうように舌を絡める。

「遅くなっても大丈夫なのか」

唇の角度を変えるタイミングで聞かれた。

「……うん」

泊まるとは言わず、自分から唇を重ねる。表面を吸われ、舌先でくすぐられた。それに

意識を向けている間に、ニットをたくしあげられる。

「待って」

このまま始まってしまいそうで、真二は少し体を離した。ベッドに視線を向けると、察した瀬島が真二の腰に手を回す。

促されるままベッドに腰かけた真二は、瀬島に手を伸ばした。

「真二」

名前を呼ばれながら、唇を重ねる。そのキスの甘いことといったらない。

キスは、唇と唇を触れ合わせるもの。それだけと思っていた真二に、瀬島が大人のキスを教えてくれた。

「んっ」

首の後ろに手を回す。瀬島が体重をかけてくるのに逆らわず、そのまま押し倒された。

瀬島に組み敷かれるのが好きだ。彼の体温と重さを感じて、愛《いと》しさが増す。

真二の髪を、頬を、瀬島の手が撫《な》でていく。その優しい手つきがじんわりとした熱を植えつけ、真二の息を乱すのだ。

啄《ついば》むような口づけが深くなっていく。頬の内側《うちがわ》を舐《な》められると、背骨が抜かれたみたいに力が入らなくなって、ベッドに沈んでしまう。

「っ……ふ、ぁ……」

かき混ぜるように動く舌に翻弄《ほんろう》される。唇の端に溢《あふ》れた唾液《だえき》を吸われ、ちゅっとかわいらしい音が聞こえた。

瀬島の長い指で頬を撫でてくれる。耳に触れられた瞬間、体がびくっと震えた。息が止まる。

触れられたところから、溶けてしまったらどうしよう。

詰めてしまった息を吐いたら、瀬島が唇を離した。どうして、と薄く目を開ける。ベッドに手をついた瀬島は、真二を見つめたまま膝《ひざ》立ちになった。

瀬島がネクタイに手をかけるのを、うっとりと眺める。ノットに指をかけて緩める、その仕草に何故こんなにときめくのだろう。

出会ってから十二年。瀬島は年を重ねるごとに色気を増していく。整った目鼻立ちに落ち着いた雰囲気は元々だが、磨きがかかったストイックな鋭さが大人の男らしさを際立てている。

身に着けるものが上質なだけでなく、急《せ》くことのない所作からも分かる余裕もまた、彼を魅力的に見せるのだろう。

「……」

何か言いたげな瀬島は、だけど何も言わずに真二の腰に手をかけた。ベッドの中でも、瀬島の口数はさほど多くない。

ニットをめくりあげられる。その下に着ていたTシャツの中に入ってきた手が、体のラインを確かめるように撫でた。丁寧でもどかしい手つきに焦《じ》れて、真二は瀬島の腕を掴《つか》む。催促に気がついたのか、瀬島の手が背中側に回った。

Tシャツごとニットも脱がされる。少し肌寒くて、肌が粟立《あわだ》った。

「……寒くないか」

「ん、ちょっと寒い」

温めてと要求するように、瀬島を引き寄せる。彼はまだシャツもベストも着たままだ。せめてベストを脱がせようとボタンに伸ばした手を掴まれる。

「え、……それ、だめっ」

右手の甲に口づけた瀬島は、そこから人差し指までを舐めた。指先を口に含まれ、爪《つめ》を軽く噛まれる。

「……あ、やっ……」

ぶわっと自分の体の奥が開くような錯覚に真二は震えた。一気に体温が上がり、呼吸が乱れる。

「甘いな」

軽い音を立ててすべての指先に口づけた後、瀬島は真二の首筋に触れた。首筋から鎖骨までを撫でた指が乳首に触れる。

「あっ」

たまらず声を上げる。

存在するかどうかも曖昧《あいまい》なほど小さかったそこが、それなりの大きさに育ったのは瀬島のせいだ。最初は刺激がくすぐったいだけだったのに、今ではすっかり感じる場所になってしまった。

軽く摘まれ、体が跳ねた。爪の先で弾かれ、色づいた周辺ごと押しつぶされたらもうだめだ。

「い、や……」

そこが一気に尖《とが》るのを自覚して、真二は頭を打ち振った。無意識に逃げようとする体を押さえ込まれ、右の乳首に吸いつかれる。

「……だめ、直志さんっ」

唇で挟まれ、先端を舌で押される。そこから全身に熱が広がって、真二はたまらず腰を突き上げた。

舌先で転がされる快感に浸っていて無防備だった左にも指がかかる。こねるような指使いをされただけで感じるのに、軽く引っ張られてのけ反った。胸元を差し出す形になってしまい、強く吸われる。左右どちらも弄《いじ》られ喘《あえ》がされ、真二は涙目になった。

「ひっ、……だめ、…下、脱がせて……」

下着が汚れそうでそう訴えると、瀬島は真二の乳首から唇を離さないまま、ベルトに手をかけた。器用にデニムを脱がせてくれる手に身を任せ、真二は息をつく。

「……遅かったようだ」

楽しそうに言った瀬島が見ているのは、真二の下肢だ。胸元への刺激で昂《たか》ぶった性器はもう下着の中で形を変えたばかりか、先端を濡らしていた。

「……意地悪」

触れられてもいないのにそんな状態になってしまったところに、観察するような視線を向けるのはやめて欲しい。下着をじんわりと濡らす昂ぶりを隠したくて足を閉じたが、かえって下着を脱がせやすくしてしまった。

するりと脱がされた下肢が露《あらわ》になる。閉じられないように足を広げられ、昂ぶりが露にされた。

「あんっ」

太ももを撫でられて、高い声が出た。

「気持ちよさそうだな」

嬉しそうな声の瀬島は、真二の足の付け根に手を伸ばした。髪と同じく少し薄めの色をした体毛に指が絡みつく。

触れて欲しい。そう願って蜜《みつ》をこぼす場所ではなく、その下の袋を揉《も》まれる。手のひらで包むようにして中を転がされたら、震えるしかない。

「……もっ、と……」

ねだるように腰を揺らしたら、やっと昂ぶりに触れてもらえた。根元から先端へと指が辿《たど》り、先端のくびれを手のひらが包む。裏側の筋を親指で擦りながら手のひらで愛撫《あいぶ》されて、先端からどぷりと体液が零《こぼ》れた。

「もうこんなに濡れているのか」

瀬島の手のひらに零れた体液を塗りつけるように、先端を愛撫される。

「ん、だって、そこ……」

気持ちいい、と素直に告げる。そうか、と満足そうな声と共に、瀬島の手が幹を摑んだ。

緩々《ゆるゆる》と扱《しご》くリズムに合わせて腰が揺れる。真二の体を知り尽くした指は、的確に弱いポイントを刺激してきた。

快感を与えられることに慣れた体は貪欲《どんよく》だ。顎《あご》が跳ねるように身を揺らしながら、真二はただ声を上げた。

瀬島はネクタイを緩めただけだ。自分だけが何も身に着けない状態で乱されるのは恥ずかしくて、でもそれにたまらなく感じてしまう。

時々、真二は怖くなる。瀬島しか知らないこの体は、誰かの中へ入る快感は知らないのに受け入れる快感を覚えてしまった。それはとてもいやらしいことではないかと。

初めて好きになった人とこうして結ばれて、長い時間を過ごしているのは幸せだ。何もかも彼が初めてで、彼だけだというのも、真二は誇らしく思っている。

でも、と心の中で続けてしまいそうになり、真二は唇を噛んだ。

余計なことを考えたくない。この快感に集中したい。

「何を考えている？」

瀬島が手を止めた。

「……なんか、いつもより、気持ちいい」

心の内を読まれないように真二はそう言って、首に張りついた髪を払った。瀬島の機嫌をとるように、彼の首に腕を絡める。

「もっと気持ちよくして？」

眼鏡の奥、いつも鋭い眼差しがすっと細められる。真二は瀬島の背に手を伸ばした。息を吐いて、瀬島を抱きしめる。いつも姿勢のいい彼の体には、スーツを着こなせるだけの筋肉がしっかりとついていた。直接触れたくて、裾《すそ》から手を差し入れた。

触れた肌は熱かった。もっと、とねだるように手を滑らせ、引き寄せる。このまま体をぴたりと重ねたいけれど、瀬島は服を着たままだ。彼の仕立てのいいスーツが汚れてしまう。

「汚れちゃう……」

手を伸ばし、瀬島のベルトを外す。瀬島が前を開いた。

「……触っていい？」

「ああ、……触ってくれ」

ぐっと手に押しつけられたものは、布越しでも熱かった。

「……あつい、ね」

導かれるまま下着の中に手を入れる。太くて硬いそれが、どくどくと脈打っていた。

自分のものとは全然違う。普段と変わらぬ表情の裏で、瀬島がこれだけ興奮しているのだと分かって嬉しい。

窮屈そうに収まっていたものを外へ出す。一見するとてもグロテスクな同性の性器だけど、瀬島のものだから抵抗感はない。

彼がそうしたように、根元から先端までを指で辿る。更に質量を増したそれは、先端から蜜を零した。指先を濡らす感覚に背筋が震える。自分の指で反応してくれるのは嬉しいし、もっと気持ちよくなってもらいたい。自分だけじゃいやだ。

「直志さんの、舐めたい……」

これ、と先端のくびれた部分を指先で擦る。口いっぱいに含んだ時に覚えた恍惚《こうこつ》を脳が思いだして、喉が鳴る。

「……そんな顔で言うな」

瀬島が眼鏡の位置を直しながら言った。彼の目に映る自分はどんな顔をしているのだろう。上気した頬で考えながら、体を起こして瀬島の下肢に顔を近づける。

「こっちだ」

だが瀬島に制され、腰を抱きかかえられてしまう。彼はそのまま、ベッドに横たわった。

「え、やだっ」

抵抗は言葉だけで、真二はあっさりと瀬島の顔に跨《また》がる格好にされてしまった。何もかも瀬島の眼前だ。電気を消せばよかったと今更思ったけれどもう遅い。

「見ないで」

「無理だな」

尻《しり》を割り開かれて真二は焦った。肉づきが悪いそこを丸見えにされる羞恥《しゅうち》に顔が熱くなる。

「や、だめだって、……」

袋の裏から後孔までを爪先でくすぐられる。その場に崩れそうな膝を抱えられ、性器の先端に口づけられる。

「あ、だから、や……め……」

自分が瀬島にしてあげたかったのに、これでは何もできない。真二は瀬島の昂ぶりに顔を近づけた。両手で軽く支え、下から舐め上げる。

「っ」

瀬島の体に力が入った。感じてくれているのだ。真二は唇を開けて、大きなそれを頬《ほお》張《ば》った。

すべてを口に含むのは無理だ。頬を凹《へこ》ませて強く吸ってから、先端を舌でくすぐる。裏側の筋を舌先でくすぐったら、瀬島の息が乱れたのが伝わってくる。

もっと感じて欲しくて、先端の窪《くぼ》みを軽く吸った。

お互いの性器を高めあう。自分が感じた分だけ感じて欲しい。夢中で舌を這《は》わせながら扱いて、溢れたものを啜《すす》った。同じように性器を愛撫され、つい腰を動かしてしまう。

「……ん、ぅぅ」

瀬島がゆっくりと腰を上下させた。喉奥を擦られて涙が滲む。深いところを突かれるのは苦しいけれど、頭の芯《しん》がぴりぴりするような感覚もあるから厄介だ。

硬くたぎった性器をきつく吸い、頭を上下させる。頬が熱い。溢れた唾液が幹を伝って瀬島の下生えを濡らした。

「ひっ」

口に集中している間に、後孔に瀬島の指が入ってきた。びくんと体が跳ねて、慌てて真二は瀬島の性器を口から出した。噛んでしまったら大変だ。

濡れた指が真二の内側を撫でる。引き抜かれ、また入ってくる。その動きに腰が揺れてしまう。そうすると性器を瀬島の口に入れては抜く形になって、快感に終わりがなくなった。

「あっ……」

膝が崩れる。昂ぶりを深く呑《の》み込まれる形になり、真二はたまらずのけ反った。その瞬間を瀬島は見逃してはくれず、埋めた指で弱みを押される。

「そこ、やだっ……」

自分のものとは思えない声が口から飛び出す。身をよじって快感を逃がさないと、すぐにも達してしまいそうだ。

「……あ、も、……だめ、いっちゃう……」

気持ちよすぎて怖い。自分が自分でなくなりそう。力が抜けて突っ伏した真二の頬を、瀬島の昂ぶりが擦る。

「はぁ、……い、くっ……!」

真二は体を丸めた。そうしないとこのまま体がばらばらになりそうだ。熱い塊が腰の奥からせりあがってくる。奥まで呑まれ、締めるように吸われたらもう、耐えられなかった。

「っ、ああ、……」

塊が狭いところを通り抜け、先端から放たれる。目の前が白く染まり、真二は無意識の内に瀬島の舌に性器を押し当てるように腰を揺らしていた。

「は、ぁ……」

押し上げられた絶頂から戻って、真二はその場に弛緩《しかん》した。瀬島の指が抜け落ちるのが名残惜しい。

「久しぶりのせいか、随分多いな」

真二の下から抜け出した瀬島が口元を拭う。彼はいつも真二の放ったものを躊躇《ちゅうちょ》なく飲んでしまうのだ。初めは驚いたし、かなり抵抗があったけど、もう慣れてしまった。好きな相手でなければ絶対にできない行為だと納得もしている。

「そういうの、言わなくていいって」

恥ずかしい、とシーツに顔を埋める。瀬島の手が真二の頭を撫でてくれた。

「このまま、する?」

息を整えてから顔を上げ、瀬島の下肢に手を伸ばす。彼はまだ達していない。

「いや、いい。お前はそのままでいろ」

瀬島はうつ伏せになった真二の体をくるりと返した。

「あ、……うそっ……」

昂ぶったままの性器を押し当てられたのは、真二の乳首だった。先端のぬるぬるした体液を乳首に擦《なす》りつけられる。

硬く育っていたそこに、血液が集中する。痛いくらいに尖った乳首を、硬くて熱いものが擦った。

瀬島の性器の先端、窪んだ部分に乳首がはめられる。そのままぐりぐりと腰を使われると、まるで乳首を唇で吸われているかのような錯覚に陥った。

真二は目を閉じなかった。閉じる余裕もなかったのだ。乳首を包む瀬島の粘膜の感触は初めてのもので、熱を放ったばかりだというのに腰の奥が熱くなってくる。

「……くっ」

瀬島が息を詰めた。

「真二っ」

瀬島の手が真二の後頭部を包む。優しく撫でられたその時、胸元に生温かなものがかけられる。

「あっ……」

膨らんだ先端から、精液が飛び出してくる。乳首を叩くようなその勢いに、喉が干上がった。

なにこれ、すごい。

単純な言葉しか頭に浮かばない。浴びせられる体液が思考を奪う。ひどくいやらしいことをした気がして、震えが走る。

「すごい……」

胸元から下腹部にかけて、大量の体液が飛び散っていた。瀬島が放ったものと思ったら愛しい。だが瀬島にすぐ拭われてしまって、触れることはできなかった。

「風呂《ふろ》に入っていくか？」

「……うん」

瀬島が立ち上がって寝室を出て行く。その背中を見たくなくて、真二は目を閉じた。はぁ。肩を落としてため息をついた。今日はもうこれで終わりだ。——寂しい。

最近、瀬島は最後までしない。お互いの手や口で射精したら終わってしまう。

それで終わる恋人同士がいるのは知っている。でも真二の体は、物足りなさを訴えていた。体の奥に残る瀬島の指の感触が、熱をくすぶらせている。

かといって自分からねだるのも躊躇する。戻ってきた瀬島が察してくれないかと見上げたけれど、彼はもう普段の顔に戻っていた。

「疲れたか」

「平気」

頬を撫でる手に懐く。瀬島の指が真二の眦《まなじり》を撫でた。ねぇ、と誘う言葉を言いかけた唇を塞《ふさ》がれる。

触れるだけの口づけは熱を呼ぶものではなく、冷ますものだった。はぐらかされた気がするけど真二は何も言わず、瀬島に体を預ける。抱きしめてくれる腕は優しくて、だからこそ切ない。

すっかり熱が冷めた頃、風呂に入った。いつものように真二はジャグジーでゆっくり体を温めながら、髪や体を洗う瀬島を眺める。

服を脱ぐと彼のバランスの取れた体つきがよく分かった。同性として羨望《せんぼう》を覚えるその肉体を維持するのに、彼はどれだけ気を使っているのだろうか。

瀬島はとにかくタフだ。忙しい仕事の合間もジム通いは欠かさない。

そんなに元気なのに、どうして。

余計なことを言いそうな自分の唇を黙らせようと、真二は湯に沈んだ。

風呂を出たらバスローブを着る。色違いのそれは、瀬島の誕生日に真二が買ったものだ。瀬島へのプレゼントにはいつも悩むのだが、これはトリニティヒルズのショップで見かけた時に即決した。これを着ている瀬島が見たいと思ったのだ。

半分ネタのつもりだったけど、受け取った瀬島はあまりに自然に着たし、自分も着てみたら意外と楽だった。それ以来、愛用している。

寝室のクローゼットの一角には真二のゾーンがある。そこから新しい下着を出し、服を着た。脱いだ服はまとめてリュック行きだ。

「帰るのか」

荷物をまとめる真二の腰に瀬島の手が回る。髪を整えていない彼の横顔は、普段よりも柔らかな印象だ。

「うん。もう十二時だし、帰るよ」

「そろそろ泊まれないのか」

囁《ささや》くように問われ、真二は首を横に振った。

「もういいかな、とは思うけど、今日は兄ちゃんに帰るって言っちゃったから。心配させたくない」

父が亡くなる前は、仕事を終えたらこの部屋に泊まり、出勤することも珍しくなかった。でも兄と二人暮らしになってから、真二は外泊を控えている。なんとなく、あの家で兄に一人で過ごして欲しくないのだ。自分が一人で過ごしたくないせいかもしれない。自分でもよく分からない感情だ。

「それに、明日は何時起き？　出張なんでしょ」

瀬島の大まかなスケジュールは聞いている。突然の出張も多く、約束が直前でキャンセルになることだって珍しくない。

「ああ、六時に迎えがくる」

想像していたよりも早い時間に真二は目を丸くした。

「早いなー。気をつけてね。お土産にいつもの買ってきて」

「分かった」

瀬島の出張の度に、その土地のポストカードを買ってきてもらう。それで一緒に行った気持ちになるのだ。

窓の外を見る。雨はもう降っていないようだ。よかった。これで雨なら、もっと気が滅入っていた。

「今日は車か」

「うん。じゃあ、帰るね」

居心地がいい瀬島の腕から抜け出して、荷物を持つ。玄関まで見送られたら帰りがたくなるから、リビングでいいと真二がルールを決めた。

「おやすみなさい」

「……おやすみ」

帰り際、瀬島は唇ではなく、額にキスをする。

「へへ、なんかすごい、恋人っぽい」

「……恋人だろう」

真面目《まじめ》な顔で返された。いつものやりとりだ。恋人同士だと確かめたい気持ちを満たしてくれる、帰り際の大事な儀式。

　ここを出る時にはやけに広く感じる玄関部分を出る。専用エレベーターに乗ってすぐ、壁にもたれかかった。

　もうすぐ日付が変わる。普段なら眠くなる時間だが、今日はまだ目が冴《さ》えていた。

　一階に到着する時の、微妙な揺れは得意じゃない。急にエレベーターが狭い箱だと突きつけられる気がする。

　エレベーターを降り、エントランスから出た途端、湿った夜風が体を冷やす。コートを着るのは面倒で真二は足早に従業員用の駐車場へ向かう。濡れた路面はあまり見たくない。

　営業時間を終えたトリニティヒルズの商業棟は、建物全体が眠っているようだ。少し離れた場所にある駐車場には車が数台しか残っていなかった。

　車に乗り込む。エンジンをかけてから、深呼吸をした。瀬島と幸せな時を過ごした直後なのに、奇妙なほど頭が冷えている。これも一種の賢者タイムだろうか。

　自宅までは車で五分程度だ。寒い車内が温まるより先に着いてしまう。真新しい住宅街の入口にあるのが稲場家だ。庭を造らなかった代わりに、駐車場が二台分ある。

　家に電気が点いているのを確認し、

「ただいまー」

「おかえり」

リビングから兄の英一の声が聞こえた。ドアを開けると、ストーブ前で兄が新聞を読んでいた。この冬、ストーブ前はすっかり兄の定位置になっている。

「遅くまでお疲れさま」

真二を見る兄の目は優しい。きっと兄は真二がクロカンブッシュの練習で遅くなったと思っている。嘘をつく申し訳なさをどうにかしたくて、真二は視線を兄から外してコートとリュックを置いた。瀬島の家で風呂に入ってきたことに気づかれたら、なんて言おうかと考えながら。

「パータ・シュー、いい感じにできたと思う。明日食べてみて」

「分かった。楽しみにしておく」

兄は頷くと新聞を畳んだ。兄弟とはいえ外見も性格も似てないのだが、新聞をきちんと折るところは似ているかもしれない。

「夕食は食べたのか」

「うん、軽く食べた」

やっぱり、と真二は言いかけてやめた。

冬のメニューは鍋が多い。準備が楽で、食材の自由度も高く、バランスがとりやすいからだ。

兄弟揃って料理はできるが、夕食は主に真二が作っている。真二が作れば兄が残さずきちんと食べてくれるので、率先して作るようにしていた。

兄は食が細い。食べることにあまり興味がないのか、放っておくと毎日同じものだけを食べ続ける傾向がある。パティシエは体力仕事なので、疲れないようにできるだけバランスよく食事をして欲しいと真二は色々と工夫していた。

それが手間とは思わない。母にも父にも作ってもらうばかりだった。何も返すことができなかった自分の後ろめたさを兄に押しつけているだけだ。

「ただいま」

両親の写真に挨拶する。瀬島と会った後はほんの少しだけ気まずい。

父はきっと、真二と瀬島の関係を察していたと思う。

店舗移転の話を持ってきたのは瀬島だった。かなりの好条件に戸惑う父に、瀬島は言った。

『思い出が残る家を出てもらうのだから、これくらい当然です』

頼もしい一言に真二は感動した。その晩、父は真二に聞いた。

『あの瀬島という人は、お前の話していた先生なんだろ。嘘はつかないな』

うん、と答えた時、真二はすべてを打ち明けようか迷った。だけど父が黙ったので、何も言えなかったのだ。

解体の日、真二は父と立ち会った。壊されていく家を見て、何かがひとつ、終わったと思っている。

今のこの家ができた時、父が真っ先にしたことは、母の写真を飾ることだった。挨拶を欠かさなかった父を、今は見習っている。

「先に寝てるぞ」

「うん、おやすみ」

リビングを出て行く兄に言った。

二人暮らしになってまだ一年。几帳面《きちょうめん》な兄は生活のリズムを崩さないので、真二はそれを邪魔しないようにしている。

父が倒れたため、予定よりも早く、そして急に帰国してきた兄との生活は、思っていた以上に淡々としている。それはたぶん、兄の性格によるものだろう。

帰国時、兄の荷物は大きめのスーツケースひとつだけだった。六年以上も海外生活していた人とは思えない少なさだ。真二なら一週間の旅行くらいの荷物に見えた。

後から船便で届いた荷物は本と手書きのレシピをまとめたもののみ。それだけ仕事に一生懸命だったのが兄らしいと思う。

兄としても、パティシエとしても尊敬している。でも、人としてはちょっと心配だ。そこがいいところだと思っているけれど。

帰国してからも、兄は自宅と店の往復で毎日を過ごしている。いや、過ごしていたというべきか。

最近、兄の様子がおかしいと気づいている。二階の部屋へ行った背中が、これまでとはどこか違う気がする。それがいい変化なのかはまだ分からない。

真二は追いかけるように二階へ上がる。自室に入ると、コートをかけてリュックを置いた。

瀬島の部屋とは違い、広くもないし微妙にものが多いせいで散らかっている。それでも落ち着くのは、好きなものがすぐ手に届くところにあるからだ。

ベッドに腰かけ、すぐ横にある机に手を伸ばす。瀬島のお土産のポストカードを入れた箱と、トレイがある。

真二はトレイに置いた鉛筆に手を伸ばした。

ごく普通の、受験生向けの合格祈願鉛筆。これは瀬島から初めて貰ったプレゼントで、真二の宝物だ。

「これを使いなさい」

新年最初の授業の後、瀬島が真二にくれたのは、一本の鉛筆だった。合格祈願と書かれたそれには、有名な神社の名前が書いてある。

「マークシートを塗るのに楽だから」

「……ありがとう、先生」

真二は声を弾ませてそれを受け取った。好きな人から貰った、最初のプレゼントだ。大切にしなくては。

瀬島に教えてもらうようになってから、真二は勉強が嫌いではなくなった。好きとまでは言い切れないけれど、頑張れば結果が出るし、それを瀬島が褒めてくれるからやる気が出る。

学校にも毎日通えていた。朝起きて、体がずんと重い時があるけれど、それでもベッドから抜け出せる。それも報告して、瀬島に褒めてもらうのだ。

真二の毎日は、すっかり瀬島が中心になっていた。

自分の気持ちに気づいてから、真二は積極的に動いた。好き、と告白したことは何度もある。だけど瀬島は本気にしてくれないようで、笑いながらありがとうと返すだけだ。

どうしたら本気だと分かってもらえるだろう。

真二は、理由も根拠もない自信に満ちていた。年相応の、狭い世間での万能感のようなものだろうか。瀬島はきっと自分を好きになってくれると信じていた。

瀬島も少しずつ、彼自身のことを話してくれるようになった。そしてついにプレゼントをくれたのだ。

　嬉しくて鉛筆を握りしめながら、真二は最近ずっと願っていることを口にした。

「僕、先生のうちに行きたいな」

「うちに来ても何もないよ」

　瀬島は少し困ったように言った。

　彼の家はここから数駅先にあると聞いている。大学に入った頃から一人暮らしをしているそうだ。瀬島直志という人が一体どんな部屋で生活しているのか、真二は知りたくて仕方がなかった。

「でも行きたい」

　お願い、とねだる。この一ヵ月くらい繰り返しているその願いに、瀬島が苦笑する。

「そうだな、高校に合格したらね」

「やった！」

　言い続けていた甲斐《かい》があった。瀬島の家に遊びに行けると思うと胸が弾む。約束だよと念押しする前に、あれ、と真二は我に返る。

「でも、合格祝いは欲しいものが他《ほか》にあるんだった」

「欲しいもの？」

　授業の後片付けをしていた瀬島が手を止める。

「ご褒美のキス」

真二は真剣だった。いいでしょ、と前のめりになる。今すぐにでも抱きつけそうなのに、二人の間には机がある。それがもどかしい。

「……」

返事はなかった。黙った瀬島は真二から視線を外し、小さなため息をつく。だめと言われなかった。まだチャンスはある。おかげで前向きな気持ちで受験勉強ができた。

初めてキスをしたのは、高校の合格発表の日。第一志望校は実家に近い高校で、成績的にはぎりぎりだった。それでも合格できたのは、瀬島のおかげだ。

合格を報告した塾のビル、カメラがない階段でキスをした。触れただけですぐ離されて、でもそれだけで、十分だった。唇の感触を逃がしたくなくて両手で口元を覆ったら、瀬島がぽんと頭を撫でてくれた。

「──先生、もうひとつの約束、覚えてる?」

中学の卒業式の翌日、瀬島の家に遊びに行った。駅から徒歩十分程度の、ごく普通のアパートの三階。

想像していた大学院生の部屋とは全然違う、殺風景な空間だった。

「ねぇ、僕もう、生徒じゃないよ」

もう退塾の手続きは済んでいる。瀬島も塾講師のバイトを辞めていた。もう何も問題がないはずだ。

「だから僕を、先生の恋人にして」

返事の代わりに、瀬島は真二を抱きしめてくれた。

誰かとこんなに密着したことは初めてで、真二の目が泳いだ。近づいてくる瀬島の顔がいつもより険しくて、怒られるのかもと一瞬思ってしまう中、二度目のキスをした。

顔に当たった瀬島の眼鏡の感触と、唇に触れた柔らかなぬくもり。触れるだけでは終わらず、軽く啄まれて、慌てて目を閉じた。

動けずにいる真二の唇の表面を、瀬島がゆっくりと舐める。そして唇の隙間から、彼の舌が入ってきた。

大人のキスだ。真二の体から一気に力が抜けた。瀬島にすがりついていなければ、その場で頽れていただろう。

舌と舌が触れ合うだけで、腰砕けになる。恍惚を覚えながら、真二はそのキスについていこうとした。だけど与えられる感覚が強すぎて、されるがままで快感に酔った。

「んんっ」

息ができずに苦しくて、でもそれが気持ちよくもあって、混乱する。頭が白くなっていく頃、瀬島が離れた。でも唇にはまだ彼の感触が残っている。

薄く目を開けた真二に、瀬島が微笑んだ。

「私でいいのか」

「……！」

嬉しさのあまりその場で抱きついた。半年ほどの片想いが実った幸せに、笑いたいのに涙が出てきた。

その晩、真二は眠れなかった。瀬島とした大人のキスを思い返して、疼《うず》く体を持てあました。一人でしても収まらず、ごろごろと転がりながら朝を迎えた。

真二は期待した。これからどんな風に、大人の階段を上がるのだろうと。

だが瀬島は、真二の十八歳の誕生日までキス以上をしなかった。二人で会うようになったけれど、塾講師と生徒だった時とあまり変化がなく、真二は焦れた。何度か迫ったけれど、その度にやんわりと大人になってからだとはぐらかされた。

お互いの呼び方は変わった。

「直志さん」

初めて呼んだ時は、くすぐったくて恥ずかしかった。

「真二」

低く柔らかい声で呼ばれるだけでたまらなかった。キスと、その余韻だけで三年間を過ごした記憶がある。

真二の高校生活はそれなりに楽しかった。忙しくなった瀬島とは会う時間も限られていたから、周りには遠距離恋愛中の彼女がいる設定で通した。

既に大学時代に起業していた瀬島だが、真二が高校を卒業する頃、会社を売却した。それからの瀬島は、経済に疎い真二の耳にすら名前が届くほどの実業家になった。

有名になっていく彼と、数ヵ月、ろくに会えなかったこともある。その時の真二を支えてくれたのは、瀬島との思い出だ。

高校の卒業式の日、瀬島は真二のためにホテルを用意してくれた。そこで初めて、キス以上をした。痛くて苦しくて、でも幸せな時間が、真二の幸せの土台になっている。

会えなくても気持ちは離れなかった。少なくとも真二には瀬島しかいない。

自分が同性しか好きになれないかどうかも、実のところ真二は分かっていなかった。だって真二は、瀬島以外の誰も、好きになったことがないから。

母を亡くし、生活のリズムを崩した真二が立ち直れたのは瀬島のおかげだ。父まで亡くしても、店を続けられたことに瀬島のサポートがあった。彼には感謝している。

でも、瀬島はどうだろう。彼の目にはどんな未来があって、そこに自分はちゃんと寄り添えているのだろうか。

考えたって答えが出せない問題だと分かっている。それでも真二は最近、そんなことばかりを考えてしまうのだった。

翌朝、真二はいつもの時間に目を覚ました。アラームはセットしているけど、いつも鳴る前に目が覚める。中学生の時の自分はなんだったのかと思うほど、今はすっきりと起きている。

大人になって、自分は元々、朝に弱くないのだと気づいた。起きてすぐだって朝食はしっかり食べられる。たぶん兄の倍は食べている。

兄と一緒に車で出勤し、着替えて手を念入りに消毒してから、厨房に立つ。朝の作業を一段落させるまでは、頭の中も手もフル回転だ。

基本的に生菓子は兄の英一が、焼菓子は真二がメインとなって作業を行う。アシスタントに指示を出しながら黙々と決めた個数を作っていくのだ。兄が生菓子の仕上げに入る開店前、見知った男が通路に立った。

チョコレートタルトを店頭に並べて一息ついた真二は、そのまま通路に足を向けた。

「また来てんの」

厨房を見ている背中に声をかける。

「悪いかよ」

振り返りもせずにそう答えた高科満典《たかしなみつのり》は、トリニティヒルズ内にある『ショコラティエ・タカシナ』のオーナーショコラティエだ。

『ショコラティエ・タカシナ』と『パティスリーイナバ』は、周囲からライバル店のような扱いを受けてはいるが、真二にそのつもりはなかった。似た商品を扱ってはいるが、ベースが違う。たぶん兄も同じだろう。

高科は瀬島の姉の息子、つまりは甥にあたる。見た目はあまり似ていないが、どちらも人目を惹《ひ》く華やかな容姿だ。

瀬島がかわいがっている、自分と同い年の甥。存在は知っていたし、真二と似た進路に進むと聞いた時は、ほのかなライバル心も抱いた。

でも初めて会った時、その手のネガティヴな感情は吹っ飛んだ。

高科はとにかく派手な男だった。すぐ人の真ん中に立つタイプで、あまりにも自分と違いすぎて嫉妬《しっと》する気にもならなかったのだ。

話をしてみれば意外と真面目だ。当時の彼は有名なショコラティエの下で修業中だったが、数年後には海外へ修業に出て、帰国後は自分の店を出すのだと言っていた。

高科の出店の夢は随分と早く現実になった。自分と同い年で、もう名前を冠した店を経営しているのは尊敬する。瀬島のバックアップがあるとはいえ、店を人気店にしたのは彼の実力だ。

天才風なふるまいだけど、実際の高科は努力型だ。オープン前、真二の父と悩みながらも商品を作っていた時期を知っているのでよく分かっている。

その高科が、この一年ほど、パティスリーイナバの厨房をよく見ている。というより、たぶん兄の英一を見ている。

兄の作業は、弟の自分でも見とれてしまうほど美しい。だから見てしまうのは理解できる。問題は、高科の眼差しにこもる熱だ。それはただの物珍しさや興味からくるようなものではないと、真二にはすぐ分かった。自分もあんな風に瀬島を見ていた時期があるからだ。

高科は兄を好きだ。その仮定に行きついたら、腑《ふ》に落ちた。同時に、高科がかわいそうになった。

彼の想いは叶《かな》わないだろう。兄の英一は、仕事が趣味ともいえる人だ。潔癖と思ったことはないが、恋愛感情といった部分が薄い人と思っている。だからいくら高科が恋焦がれても、彼の片想いで終わる。――そう、信じていたのに。

ここ最近、高科だけでなく、英一の態度も変わった。

たぶんきっかけは、トリニティヒルズの周年祭に向けて、コラボ商品を作る話が持ち上がったことだ。兄によると、随分と強引に高科が賛同したらしい。そこから二人の距離が、近づいた。

最近、兄が変わったのは、この男のせいだろうか。

どこか愛おしそうに兄を見つめる高科に覚えた苛立《いらだ》ちの理由が、真二にはよく分からない。それでもとにかく、頑張れと言いたくなかった。

翌週、真二は休みではあったが朝から店に顔を出した。最も忙しいスタッフの昼休憩が終わるまで働き、一時に店を出る。

向かった先はトリニティヒルズ内の創作和食店だ。

窓際の四人掛けのテーブルに声をかける。

「ごめん、お待たせ」

「いや、俺たちも今来たところ」

「稲場くん、久しぶり」

待っていたのは、高校の友人である大下とその彼女だ。今日は二人にウェディングケーキのデザイン画を見てもらうことになっていた。

「忙しいのに悪いな」

大きめの黒縁眼鏡をかけた大柄の大下は、笑顔を絶やさない優しい男だ。隣に座る彼女は背が高くて猫目の美人。高校時代、彼女からの告白から始まった二人がついに結婚するということで、真二の友人たちはかなり盛り上がっている。

大下は都心で働くシステムエンジニアだ。そして彼女は、瀬島の秘書の一人である。

「気にしなくていいよ」

席についた真二は、リュックからスケッチブックとタブレットを取り出した。その間に店のスタッフが来て、ランチメニューを置いていく。

「どれにする？」

「二人はどうするの？」

「私たちはセットメニューにしようと思って」

これ、と教えてもらったメニューから、酢鶏定食を選んだ。二人はもう頼むものを決めていたらしい。

「じゃあ頼むぞ」

テーブルのボタンを大下が押した。すぐにスタッフがやってくる。

注文を終え、改めて真二はタブレットを二人の前にセットした。

「先に見せてもいい？　こんな感じに仕上げようと思うんだけど、どうかな」

試作したクロカンブッシュの写真を見せる。その横にスケッチブックのデッサンも広げた。オーソドックスなタワー型に飴細工とフルーツを飾りつけて華やかさを出した。

「素敵！」

「お、いいな」

　二人が目を輝かせた。いい反応に真二は胸を撫でおろす。

「これ、木槌で叩けるのよね」

　声を弾ませた彼女が身を乗り出した。

「うん、できるよ。会場にその話はちゃんとしてある？」

「した。ただ俺たちは詳しいことはよく分からないんだ。持ち込みの時ってどうするのがいいんだ？」

「担当者の名前を教えてくれれば、僕が連絡するよ」

　披露宴会場とのやりとりは真二がやったほうが確実なので、担当者の名前を教えてもらう。

「これで進めていくよ」

「「お願いします」」

　二人の声が揃うのが微笑ましい。

「私ね、子供の頃からクロカンブッシュに憧れてたの。だから嬉しい」

「お前ずっとこれを木槌で叩きたいって言ってたもんな」

　大下は彼女の笑顔を見て目じりを下げていた。

「そうなの。だって結婚式のスピーチでは切るとか破れるとかNGじゃない？　それなのにどうしてケーキは切っていいのか、納得できなくて」

言われてみれば確かにその通りだ。ケーキ入刀とはいうけど、やってることはナイフで切っているのと同じ。

「うまく崩れるといいんだけど。飾りはフルーツと飴細工を考えているけど、もし何かリクエストがあれば早めに言って」

そこでちょうど料理が運ばれてきた。スケッチブックとタブレットを片付ける。手際よく皿が並び、三人で箸《はし》をとった。

それにしても、と彼女が口を開く。

「社長より先に私の結婚式になるなんて思わなかった」

真二は酢鶏を摘まむ手を止めた。彼女は数年前に秘書室勤務となり、瀬島の下で働いているのだ。

「あの高スペックで独身だもんな」

大下が相槌《あいづち》を打つ。

「縁談はたくさんあるんだけどね。この前も議員のお嬢様に気に入られちゃって、ぐいぐい来られて困っているみたいなの」

そんなこと知らない。思わず言いそうになった台詞《せりふ》を、真二はお茶と共に飲みこんだ。彼女は瀬島と真二が知り合いだと分かっている。余計なことは言えない。

「相手の親もその気だから大変そう。私たちも顔を合わせないようにスケジュールを調整しているけど、限界があってね」

困っている顔にありがとうと言いたくなってくる。それを真二は堪えて、曖昧に笑った。

「そうなんだ。瀬島さんも大変だ」

「本当にそう。社長は仕事が恋人だから、邪魔しないで欲しいわ」

秘書からはそう見えるのか。新しい発見だ。

「しかし、社長は彼女いないのか？　あんな人なら周りが放っておかないだろう」

大下の疑問は尤《もっと》もだ。それに彼女がどう答えるか、あまり聞いてない様子を装って聞き耳を立てる。

「社長のプライベートは分からないの。知ってても言わないけど。謎《なぞ》すぎて興味があるわ」

期待とは違う答えにがっかりしてしまうが、それも当然か。真二は無言で食事を続ける。

「そんなに謎なのか？」

「そう。公私の区別がきっちりしてて、私たちはとってもやりやすい。感情で話す人じゃないから理不尽なこともなくて、ストレスフリーよ」

瀬島が褒められるのは嬉しい。真二は頷きながら、つい笑顔になってしまう。

食事後は二人と別れ、真二は瀬島の家に向かった。瀬島は今日、海外出張から戻る。夕方には部屋に着くはずだ。

合鍵《あいかぎ》は持っていて、いつでも入っていいと言われている。でもあまり使っていないのは、本人不在の瀬島の部屋で過ごすのはあまり得意じゃないからだ。

主のいない瀬島の部屋はどこか寂しい。ソファに座って真二はテレビを点けた。瀬島はいつ帰ってくるのだろうとスマートフォンを手に取る。そこにちょうど、着信があった。

『今どこだ』

「直志さんの部屋にいるよ」

『分かった。あと五分で着く』

そこで通話は終わった。そしてきっちり五分後、玄関のドアが開く音がする。

「おかえり」

真二は立ち上がって瀬島を迎える。

「……ただいま」

瀬島の表情がわずかに解けた。スーツケースを脇に置いた彼が近づいてくる。

「どこに行ってたの」

「マレーシアとシンガポールだ」

顎を軽く持たれ、口づけられた。真二はいきなりのキスを受け入れ、瀬島の首に腕を回す。

　自分の想定より身長は伸びなかったけれど、キスをするにはちょうどいい身長差だ。

「ん……」

　キスだけで終わるはずがなかった。瀬島の手が真二の腰に回る。体を密着させるだけで、お互いの体が熱を持ちはじめた。

　ぴちゃ、くちゅといった水音が室内に響く。舌を絡め、お互いの吐息を味わってから、唇を離した。

「おかえりなさい」

　改めて言った真二を引きずるようにして、瀬島がソファに座った。その上に抱えあげられる。

「真二……」

　頬を両手で包まれる。それを合図に真二は目を閉じた。再びキスをする。瀬島を充電している気分だ。

　唇を離すと、瀬島が真二の首筋に顔を埋めた。彼も真二を充電しているのかもしれない。おつかれさまの気持ちを込めて、彼の頭をそっと撫でた。

　特に会話もないまま、いちゃいちゃする時間は貴重だ。真二は瀬島に体を預けた。彼からほんの少しだけかぎなれないにおいがするのは、帰国した直後のせいか。

お互いの鼓動が感じるくらいの距離にうっとりしていたが、それを咎《とが》めるように瀬島の上着のポケットから音がした。スマートフォンだ。

「鳴ってる?」

「ああ」

スマートフォンを取り出し、ディスプレイを見た瀬島が眉《まゆ》を寄せる。いい電話ではないようだ。

「少し席を外す」

真二を降ろして立った瀬島の背中を見送る。ちらりと目に入った名前は、真二でも知っている政治家の名前だった。

あれが例の、面倒そうな相手だろうか。ぐいぐい来られて困っていると、大下の彼女が話していた。

そんなことがあったなんて知らなかった。瀬島は何も話してくれない。仕事のことには口を挟んではいけない領域だと考えているからともかく、プライベートにも関わるなら教えて欲しい。

大変なら、話して。でもそう言って、何か役に立てるのかと聞かれたら、真二は首を横に振るしかないのだ。

瀬島は元々、あまり自分のことを話す人ではない。そして真二の詮索《せんさく》もしない。それが寂しいと思う時期はとっくに過ぎているが、それでも胸はざわめくのだ。

意味もなくソファで体育座りをした。静かだ。窓の外に目を向ける。灰色の雲が重たそうだ。

雨が降るのかな。ぼんやりと眺めていた真二の視界の隅で、瀬島のビジネスバッグが倒れた。

元に戻そうと手を伸ばす。すると中から零れたのか名刺が数枚、床に落ちていた。それを拾った真二は、携帯電話の番号とアプリのＩＤらしきものが手書きで追加されているのに眉を寄せる。

名刺は四枚。女性の名刺ばかりだ。大手航空会社の客室乗務員と思われる。

「へぇ……」

客室乗務員から名刺を貰うなんて都市伝説だと思っていた。

まあでも、瀬島なら名刺を渡してしまう人たちの気持ちは分かる。もし真二が同じ立場だったらそうしているかもしれない。

真二は名刺をビジネスバッグに戻した。同じタイミングで、外に電話に出ていた瀬島が戻ってくる。

ほんの少しだけ不機嫌だ。あまり表情に出ない人だけれど、まとう空気で分かる。

「真二、来週の休みに予定が入った」

「ん。じゃあ買物はまた今度ね」

次の休日は、一緒に遠出しようと話していた。でも瀬島の予定が変わるのはいつものことで慣れている。真二はスマートフォンをとってスケジューラーの予定を変更しながら、何の気なしに聞いた。

「仕事？」

「……いや」

歯切れが悪い返事に、ぴんと来てしまった。たぶん今の電話絡みだ。

「僕に関係ない話？」

「そうだ」

瀬島の即答に、そう、と頷く。

「仕事頑張ってね」

「ああ、……この埋め合わせは必ずする」

ソファに座った瀬島と真二の間に、少し距離ができる。

「そんな大げさな。いいよ、買物だけだし」

物わかりのいい演技ができたかな。真二は首の後ろに手をやった。瀬島は何か言いたそうな目をして、でも何も言わずにいる。

さっきまでの、あの甘い空気に戻れない。たった数分なのに、なにかがどろどろと濁っ

ていくのを感じる。

重みに耐えかねたのか、雲から雨が零れた。ああ、雨が降る。

「そうだ」

真二はわざと大きな声を出して立ち上がった。

「ごめん、今日中《きょうじゅう》にやらなきゃいけないことがあったの、思いだした。今日はもう帰るね」

瀬島の顔を見られなかった。

まだ見知らぬ感情がくすぶっているようだ。それはどこか恐怖にも似て、怯《おび》えにも遠くない複雑な想い。決してプラスではないそれが、瀬島を見ていると強く押し寄せてくる。

「分かった」

物わかりが良すぎる恋人は、真二のわがままもあっさりと受け入れた。

「気をつけて。着いたら教えてくれ」

「うん」

じゃあ、と背を向けた真二を、瀬島が後ろから抱きしめた。そのまま上から、額に口づけられる。恋人同士の儀式が、今日はやけに切ない。

ふらふらとエレベーターに乗り込む。頭がどうにも重たいのは雨のせいだろうか。違う、それだけじゃない。

ため息を何度もつきながら、どうにか車を運転して自宅に帰った。瀬島の土産のポストカードを、机に置く。

ぐるぐるしている気持ちに名前が付けられなくて、手放すことできない。頭がずきずきと痛む中、メッセージの着信があった。

やたらと眩しく感じるディスプレイを確認する。

高校の友人たちから、大下の結婚式についての相談が入った。一人は自分も結婚を考えていると言い、去年結婚した一人はマンションを購入したと報告している。

ディスプレイに流れる文字を眺めながら、真二はため息をついた。

「……いいな……」

自分には遠い話題と思っていた。けれど大下を含め、周囲が少しずつ家庭を作ろうとしている。

自分だけが取り残されてしまう。焦りと、でもしょうがないという諦《あきら》めで、胸が痛い。

これから自分は、どうなるのか。目を背けてきた現実が押し寄せてきてめまいがする。

瀬島と一緒にいる時間が長すぎて、この先が見えないのだ。

幸せってなんだろう。この先にあるのだろうか。

沈んだ気持ちのまま、真二は瀬島に電話をかけた。

「無事に帰ったよ」

『それはよかった。顔色が悪かったが大丈夫か』

心配そうな声が真二の心をかき乱す。

「ねぇ、直志さん。僕もう、子供じゃない」

『急にどうした』

瀬島の声は優しい。だからこそ悔しい。いつも受けとめてくれるから甘えてしまって、子供のままでいたくなる。

「僕ね、過去の思い出より、この先が欲しくて」

『……』

突然そんなことを言われても瀬島は困るだろう。分かっていても止められない。何かに酔っているのか、思考回路がどこかずれたままだ。

「ごめん。……ちょっと、今混乱してて。これからその、忙しくなるんだ。だから、その」

我ながら自分勝手がすぎる。そう思っても、心が暴走している。

「少し、距離を置きたい」

口にした瞬間に後悔した。今のなし、そう言えたらどれだけよかったか。

『……分かった』

こんな時も、あっさり受け入れるんだ。

目の前が真っ白になる。沈黙が痛い、でも何も言えない。言いたくない。これ以上、瀬島に嫌われたくないから。

それならどうして、こんな試すようなことをするのか。くすぶっていたものに火が点いて、もう自分で消せないのがもどかしい。

『仕事が落ち着いたら、連絡してくれ』

「うん。……好きだよ、直志さん」

支離滅裂なことを言って通話を終える。真二はその場でベッドに突っ伏した。今、世界で一番、自分のことが分からない。

「兄ちゃん、クロカンブッシュのこと聞いてもいい？」

大雨で客足が伸びずにいた平日、いつもより早く帰宅できた真二は、夕食を食べながら兄に聞いた。今日のメニューは豚肉と水菜、豆腐の鍋だ。

「俺に分かることなら教えるが、そんなに作ったことないぞ」

水菜を口に運びながら兄が答えてくれる。

「作り方もだけど、本場的な話を聞きたいんだ。やっぱり大きいほど縁起がいいんだよね？」

「大きいというよりは高さだな。高ければ高いほど、その後の生活が豊かになると言われている」

でも、と英一は手を止めた。

「大きくなるほどイミテーションになる。実際に食べられるもので作るとしたら、まあ三十センチ程度だろうな」

「やっぱりそれくらいか」

イミテーションのシューといえ、基本的には普通のシューのバリエーションだ。人の口に入らない前提で作るから接着剤を使える。

「もう少し大きくするには、こっちの気候次第ではあるが……、少なくとも一ヵ月くらいは乾燥させたい」

「一ヵ月？　すごいね、それおいしくないでしょ」

たぶん、と兄が頷いた。食べられるというものが、おいしいとは限らないのだ。

「高さを出したいなら、土台をケーキにする手がある。とにかく飴で繋《つな》げると湿度と暑さが敵になるだろうな。もし大きくするなら、ミニシューじゃなくてマカロンにしてもいい」

「僕はそういうポップなの好きだけど、新婦さんがクラシックなタイプに憧れてるみたいだから、ベースは基本のものなんだ。木槌で打ちたいって」

兄の箸が止まった。

「なるほど、本格的なのにしたいのか」

「そう。ベーシックなクロカンブッシュ。あれって木槌で割れるでしょ」

「二人でやるなら割れる。ただ粉々になる時もあるから、多めの予備がいる」

クロカンブッシュの話をしながら食事を終え、食器は食洗機へ入れる。その間に兄がお茶を淹《い》れてくれた。

ダイニングテーブルにつきながら、兄が腕を組む。

「ウェディングケーキはしばらく作ってないな」

「僕も」

独立店舗だった時はオーダーケーキも受け付けていたので、ウェディングケーキを年に数回は作っていた。トリニティヒルズに入ってからは一度も引き受けていない。

「色々と調べたけど、最近はカラードリップも増えてきてるって」

「カラードリップ？」

首を傾《かし》げた兄に、真二はタブレットを取り出した。参考にしたカラードリップの動画を見せる。

「ネイキッドケーキにかけるみたい。これ」

あえてケーキの側面にクリームを塗らず、スポンジ部分を丸見えにするのがネイキッドケーキだ。それにフルーツ等《など》のソースをかける演出が増えてきているらしい。

「これは……なんだろう、むずむずするな」

英一の表情は冴えない。

「僕も。そもそもネイキッドケーキが苦手。なんでもいいから塗るかフルーツをつけたい」

「そうだな、フルーツの断面を貼《は》るならいいと思う」

素朴なケーキに見せるのだと分かってはいるが、どうも未完成な印象が拭えないのだ。

兄もそのあたりの感覚は同じらしい。

「それにソースをかけるのがケーキ入刀の代わりになるのか」

英一は興味深そうにタブレットの動画を見ている。

「そうみたい。これはこれで楽しいだろうね」

動画の再生が終わる。兄が顔を上げた。

「結婚式も変わってきているのだな」

「ね。兄ちゃんはどういうウェディングケーキが好き？」

「アメリカン」

兄の言うアメリカンとは、段のない長方形のウェディングケーキのことだ。

「僕も。そのまま切り分けて食べられるからいいよね」

兄と好みが同じで嬉しい。イギリス式の三段に分かれたタイプも映えるけれど、一段の華やかさもいいものだ。

「とにかく今回はクロカンブッシュ、一人で作ってみる」

「ああ、無理しない程度に頑張れ」

「うん。あー、僕も兄ちゃんみたいになれたらいいんだけど」

この一年、共に働いてきて、兄のすごさが分かった。

兄が作り出すものは繊細かつ正確だ。同じクオリティのものを作り出すのは父以上で、ロスが非常に少ない。ひとつひとつの作業が丁寧で無駄がなく、見ていて美しいと思う。

「俺みたいってどういうことだ」

不思議そうな顔をするのは、本人に自覚がないのだろう。仕事中の兄はすさまじい集中力を保っているのだが、それを意識している様子もなかった。

「うーん、凄腕《すごうで》のパティシエって感じ？」

「俺が？」

兄は首を傾げた。

「俺よりお前のほうがすごいところもたくさんあるだろう。焼菓子もデッサンもお前が頼りだ」

英一はこうやってさらりと褒めてくれる。兄は嘘がつける性格ではなく、不要なお世辞を口にするタイプではないので、本心なのだろう。そうだとしたら、とても嬉しい。

「……兄ちゃん、大好き」

「急にどうした」

優しくて真面目な兄は、いつも真二の先にいる。真二にとって唯一残された家族だ。真二はなんでもない、と首を振った。


閉店作業をアシスタントに任せ、真二は飴細工に取りかかる。

飾りに使う飴細工を作ることは多いが、クロカンブッシュに使うような大型のものは久しぶりだ。

洋菓子での飴細工にはたくさんの技法がある。今回はシュクル・ティレという引き飴と、シュクル・フィレという糸飴を作るつもりだ。

飴細工に大事なのは思い切りだと、専門学校の時に教わった。砂糖に水、水あめに酒石酸を加えた糖液を作り、大理石にあける。百五十五℃の高温なので手袋は必須《ひっす》だ。

温度が下がらないようにランプを置き、透明な糖液を引く。空気を含ませていく内にシルクのような光沢が出てくるから、それを手で均等に伸ばす。迷っている暇はない。指に溶いた色素をつけ、また飴を引く。そうすると色づいた飴が引ける。そうしてリボンが出来上がった。

クロカンブッシュを飾る、雲のような飾りは、シロップを左右に素早く振り動かして作る。何度も失敗して、その度に改良して満足できるレベルにした。

それらのパーツを、炙《あぶ》って溶かしてくっつけていく。飴細工は繊細かつ大胆な作業の繰り返しだ。

集中して行うとかなり疲れる。余った飴は保存して、また熱を加えて練習しよう。

瀬島と距離を置く言い訳に、仕事と言ってしまった。その罪悪感を消すには事実にするしかないと、真二は毎日仕事を頑張っている。

飴細工を終えた後は、兄と共にエクレアの生地を焼く。トリニティヒルズの周年祭で並べる、『ショコラティエ・タカシナ』とのコラボ商品だ。

兄のレシピは、これまで真二が作ってきたエクレアとまったく違った。しっかりと焼いた生地は細身でスタイリッシュだ。これに高科の店で作ったチョコレートのプレートが載るという。

少しずつ配合を変えて試作を重ねる。兄との共同作業だ。

「こんなにしっかり焼くんだ」

オーブンをのぞく。これまで作ってきた、しっとりとしてもちもちしたエクレアとはもはや違う何かだ。

「ああ。フランスのシュー生地にしっとり感はないから、中までしっかり焼き切って、表面は完全に乾かすんだ」

兄に教えてもらい、真二が焼いてみる。

「焼く前の生地は硬め、オーブンの水蒸気量は一定にする、と」

注意点に従い、エクレア生地が焼きあがった。ひとつ食べてみる。パリッとした食感が新鮮だ。

「この焼き方、クロカンブッシュのミニシューにも適用されるよね」

兄に聞くともちろん、と頷かれた。真二は自分の焼き方が甘かったと反省する。もっとしっかり焼こう。

「これでいい？」

焼きあがったエクレアを皿に並べる。

「よく焼けてる。あとはクリームとの相性だな」

兄と話しながら、新しいメニューを作るのは思っていた以上に楽しい。そして緊張もする。

『パティスリーイナバ』の名前がつく以上、兄だけが作れるものでは意味がないのだ。同じように、真二だけが作れるものがあるのも、違うと思う。

そのためには、自分も兄に追いつかなくては。

また気が急いてきた。真二は焦る気持ちを落ち着かせるべく、水を口に含んだ。最近どうにも自分のメンタルが落ち着かないのは、降り続く雨のせいだろうか。


「あ、真二くんだ。久しぶり」

昼に休憩室で顔を合わせたのは、近くの店で働いている人だ。噂話《うわさばなし》が好きなので、あまり近寄りたくないが、向こうから寄ってこられてしまう。

「ねぇ、真二くんたちと高科くんで新しいお店を出すって本当？」

そんな話は聞いたことがない。でも正直にそう言って、妙な噂をされても困る。

「あ、……うん、どうなんですかね」

曖昧な返事にとどめておく。よく分からないというスタンスで話している内に相手は諦めてくれたけれど、真二の心は削られたままだ。

兄は高科とそんな話をしているのか。でもいつ。疑問がぐるぐる頭を巡る。

休憩を終えて店に戻った真二は、落ち着かない気持ちで明日の仕込みに取りかかった。それが終わると、今日も真二は飴を引く。

黙々と糖液を引いて光沢を出し、形を作る練習をした。閉店時間になっても厨房の隅で延々と繰り返す。

いい加減に腕が疲れたところでやめた。今日はもう帰ろう。店の戸締まりをして出たところで、高科と会った。

「よ、遅くまでお疲れ」

「満典も」

なんとなく立ち止まる。今の真二は誰かと話したい気分だった。

「この時期はしょうがない」

高科が肩を竦める。

「まあ二月が暇なショコラティエなんていないからな」

「それもそうだね。うちもしばらくは忙しいよ。しかもこんな時期にコラボ新商品とかさ」

軽く高科を睨む。兄の発言から察するに、たぶんエクレアづくりを言い出したのは高科だ。

「いいだろ、俺、あんたの兄さんが作ってきたエクレアに興味があってさ」

やっぱり高科のせいか。ひょうひょうと答えた高科は、で、と真二に問う。

「作ってみてどうだ?」

「今までのと全然違うよ。面白いから、スポット商品ならいいと思う」

でも、と真二は続けた。

「うちのエクレアはやっぱり父さんのレシピだよ」

パティスリーイナバは、父のレシピが基本として存在する店だ。もちろんそこから新製品を出していくことは必要だと考えているが、定番のものはできるだけ定番として残しておきたいと真二は考えていた。兄もきっと同じ意見だと思う。

「お前のとこは兄弟揃って保守的だな。……でもまあ、先代がそういう人だったから、納得できる」

高科はそこで口角を引き上げて笑った。

「羨《うらや》ましいよ。そうやって守っていくものがあるって。俺は作っていくだけだから」

父の作った店を引き継ぐ形になった自分たち兄弟と違い、高科は父と同じように自分で味を作り上げた。その苦労を真二は完全には理解できていない。だからこそそこに憧れがある。それを口にするのは、まだ悔しいからできないけれど。

「満典は守るって感じじゃないじゃん」

「まあそうだな」

「そこで否定しないのが満典らしいよ」

真二は苦笑した。この正直なところも高科の性格を表している。それがとても羨ましい。

「満典はやっちまったって後悔すること、ないの」

いつも前向きな彼にはそんな瞬間がないのだろうか。好奇心から聞いたら、高科が笑った。

「あるに決まってるだろ。昔からとにかく行動してから考えるから、やらかしたことばっかりだよ」

そんなこと言うくせに、高科はいつも不思議なくらい自信に満ちている。

高科が店を出すことになった経緯は聞いている。

瀬島は一度だけ、真二に店を持ちたいかと聞いたことがある。トリニティヒルズのオープン数ヵ月前という時期的に、たぶん高科が引き受けた話だろう。

『僕にはまだ早いよ』

真二はそう答えた。でも同い年の高科は、それを受けた。時間がない中、必死で店をオープンさせたのだ。

覚悟の違いが、高科を成長させたのだろう。

「満典はすごいよ」

心からそう思う。だからこそ、真二は高科に、兄を連れて行かないでくれと言いたい。高科は一人でもやっていける。でも兄がいなくなったら、きっと自分はやっていけない。

一人になってしまうのが怖い。もしこのまま瀬島と疎遠になったら、と想像しただけで震える。

どうしてこんなに、悪い方向に考えが進むのだろう。真二は胸に巣食う何かどろどろしたものを少しでも吐き出したくて、長いため息をついた。

「まあお互い、頑張ろうぜ」

高科の励ましはとても適当だ。だけどそれが今の真二は気楽で嬉しかった。


デッサンしたクロカンブッシュを作り上げるべく、あらためて設計図を作る。それに沿って試作する段階に入った真二は、出勤時間を早めた。起きられなかった中学の頃とは逆に、毎日早すぎる時間に目を覚ましてしまうのだ。

今日も朝から円錐形の型に沿うようにミニシューを積んでいく。飴で固定させたら乾して、夕方から飾りつけに入らせてもらった。

フランボワーズはナパージュして、わざとランダムに飾る。そのバランスも難しい。飴細工は昨日の夜に作っておいたものを載せる。

出来上がった時には汗ばんでいた。集中していたので喉もからからだ。それでも達成感があるのは、すべての工程を真二が一人でやっているからだろう。

パティスリーの基本はチームワークで、一人がすべての工程を担当することなんてほぼないだけに、色々と新鮮だ。

大型のケーキを作る場面が珍しいのか、ガラス張りの厨房をのぞく人も多かった。

営業時間の終わりぎりぎりにクロカンブッシュが完成した。真二は兄の英一に声をかけ、感想を求めた。

「どうかな」

英一はクロカンブッシュを様々な角度から眺め、土台に触れてゆすったりした後、真二を見た。

「ミニシューと飴がけはいい」

ただ、とミニシューの合間を飾るフルーツを指す。

「飾りが少し単調だな。フルーツのナパージュ、全部しなくてもいいと思う。もっと数もあっていい。大きさも揃ってないほうがいいな」

クロカンブッシュの飾りは、ミニシューの合間に挟むフルーツと、全体を囲む飴細工だ。会場の装飾に赤が使われるので、それに合わせてフランボワーズやストロベリーなどの赤い果実を使っている。すべての果実にナパージュと呼ばれるつや出しをしてあった。

「そうやって変化をつけると、印象が変わると思う」

「なるほど」

ノートにメモをとる。言われてみれば確かに納得するばかりだ。早速、余っていたフランボワーズをそのまま飾ってみる。大きさが揃っていなくて弾いたものも使った。空いてる場所だけでなく、ランダムに赤を添える。

「ほんとだ……」

　出来上がったクロカンブッシュは、真二が作ったものより華やかだ。ほんのわずかな果実で、驚くほど印象が変わった。

「いつも作っているものより大きいから、動きを出したほうが収まるだろう」

「動きか、確かにこの大きさで規則的だと地味になるね。あ、そうだ味を見て」

　口元に差し出したミニシューを、外から見えないように屈《かが》んだ英一が食べる。

「しっかり焼けていておいしい。よく頑張ったな。これなら喜んでもらえると思うぞ」

　兄に褒められると嬉しい。ブラコンの自覚はあるが、唯一の肉親に対する愛情だから許して欲しい。

「よかった。でもさ、切る時も同じ大きさを心がけてたけど、違うんだね」

「俺もそれがいいと思ってた。そう習った記憶もある。でもそれだと人間味が出ない、機械と一緒だってむこうで散々言われたよ」

　何気ないことのように話してくれる内容が勉強になる。真二はメモをとってから、兄に向き直った。

「ありがとう、兄ちゃん」

「俺はただちょっとコツを教えただけだ。作ったのはお前だよ」

兄はいつだって優しい。でも兄は、自分に隠していることがある。

高科と店を出すつもりなのか。聞きたいけど、返事が怖くて聞けない。

父がいなくなり、そして兄までいなくなったら、この店はどうなるのだろう。足元が崩れるような不安を直視したくなくて、真二は黙ってクロカンブッシュの写真を撮った。


「これが試作したものだよ」

翌週、真二は大下と彼女に試作したクロカンブッシュの写真を見せた。場所は前回と同じ和食店だ。ランチタイムだけに混雑している。

「わぁ、すごい」

「すごいな」

二人の反応が嬉しい。頑張った甲斐があった。

「フルーツは当日の状況で変わるかもしれないけれど、とにかく赤いもので揃えようと思う」

「じゃあ木槌にも赤いリボンにしようかな」

彼女が嬉しそうに言う。隣の大下がその姿に目を細めていた。

「あ、それなんだけど、大下もちゃんと一緒に木槌で打ってくれる？」

「分かった。頑張るよ」

「お願いだからね」

念押しされ、大下が胸を張る。

「任せとけって」

「もし綺麗にはずれなくても、予備のミニシューは用意しておくから安心して」

うまくばらばらにならなくても、予備があればどうにかなるだろう。

「それは助かる。ありがとうな」

「いいよ、僕も勉強になってるから。当日はもっと派手な飴細工だったらごめんね」

先に宣言しておく。彼女は楽しみ、と声を弾ませた。

三人で笑いながら昼食をとる。大下が苦手な漬物の皿を彼女に渡し、彼女は逆になめたけを大下に渡した。

お互いの好きなものが分かっている二人の、平和な交換に和む。真二も瀬島も好き嫌いがさほどないので、こんなことをした経験がない。

「これから家具を見に行くんだ」

幸せそうな二人に別れを告げ、真二は店に戻った。今日は休みではなく、長めの昼休憩をとっただけだ。シェフコートに着替えて店に戻る。

「――お疲れさまでした」

一日の仕事を終え、スタッフは帰らせた。店に残ったのは兄の英一と真二だけだ。

「俺は高科のところに行ってくる」

兄が打ち合わせに行っている間、真二は飴細工の練習を繰り返す。毎日やる内にコツが摑めてきて、かなり早く作れるようになってきた。

集中して作っていた夜、一度だけ視線を感じて顔を上げたら、瀬島が通り過ぎて行ったことがあった。

これまでは、必ず声をかけてくれたのに。

ざわめいた気持ちのまま飴を作ったら、随分とキメが粗いものができてしまった。

気持ちは作るものに現れてしまう。余計なことを考えないようにしよう。そう決めて、真二は遅くまでひたすら飴細工の練習をした。


「――はぁ」

真二は閉店後の厨房の片隅でため息をついた。

『ショコラティエ・タカシナ』とのコラボ商品の試食を、高科と英一、真二の三人でしていたはずだった。

写真を撮り終えたエクレアが目の前に残っている。まさか試食の場で高科と兄が、痴話げんかのようなものをするとは思わなかった。

先日、高科と店を出す話が出ていることを、兄に問い詰めた。兄は黙っててごめんと言った。

その時から、いやな予感がしていた。でもまさかと、一縷《いちる》の望みにかけていたのに。信じられなかった。真二の前で、英一は高科の背を追いかけた。つまり高科の想いが通じた、ということだろう。

「……やだ」

子供みたいに呟《つぶや》いて、真二は両手で顔を覆った。まさかあの兄が、高科を好きになるなんて思わなかったのだ。

一人になるのはいやだ。でもそれ以上に、羨ましさが胸を締めつける。

兄と高科は、言いたいことを言いあっているように見えた。お互いに言いたいことをぶつけられる、そんな相手なのだろう。

自分は十二年も付き合ってて、瀬島に言いたいことを言えないのに。嫌われたくなくて勝手にぐるぐるして、距離を置いたのに寂しがって。

自分自身のわがままな子供っぽさを突きつけられて、真二は肩を落とした。

出来上がったエクレアはとてもおいしかった。

「もう甘えないから」

兄にそう宣言した真二は、余計なことを考えないように、クロカンブッシュ製作に意識を向けることにした。

英二が帰ってこないと言った夜、真二は家で一人、飴細工の動画を見て勉強する。素早く、迷わずに作る。脳内でイメージしていると、不意に静かなこの家に一人だと実感して、ため息が出た。

寂しい。春なのに寒い。こんな時に限って友人からの誘いのひとつもない。寂しさに耐えかねてぼんやりとテレビを見ていた時、なんだか聞いたことのある車のエンジン音が聞こえた。

この辺に瀬島と同じ車に乗っている人がいるのだろうか。頬杖《ほおづえ》をついたその時、スマートフォンが鳴った。

「あ」

瀬島からの連絡に頬が緩む。少し距離を置こうと言ったくせにと自分を非難しつつ、すぐに通話を始めた。

「もしもし」

声が震えたのは気のせいだと思いたい。

『今どこにいる？』

久しぶりに聞いた瀬島の声に、飛び上がりそうな喜びを覚えた。寂しさが一気に消えて、何をしたって彼のことが好きなのだと実感する。

「家だよ」

『少し出てこれるか。渡したいものがある』

「いいけど、いつ？」

『今だ。家の前にいる』

「え。すぐ行く」

通話を切ってからリビングを飛び出す。距離を置きたいと言ったとは思えぬ自分に再び呆《あき》れつつ、ドアを開けた。

瀬島が立っている。顔を合わせただけで真二のテンションは上がった。

「今、兄ちゃんいないんだ。上がっていく？」

「いや、これから予定がある」

瀬島は素っ気ない。

もう夜の九時だ。これからなんの予定があるのか、聞きたいけど聞きづらい。真二はそれ以上は誘わず、瀬島の持っている荷物を見る。

「それ、服、だよね」

スーツが入るガーメントバッグだ。何故それを持ってきたのかと首を傾げる。

「結婚式用のスーツだ。当日、着てみせてくれるか。お前のために作ったものが出来上がってきた。よければこれを着て欲しい」

「いいの?」

確実に高価なものだろう。これを受け取っていいのだろうか。迷う真二の手に、ガーメントバッグが渡される。真二は素直に受けると、瀬島を見た。何故か中学生の頃に戻ったかのように、どきどきしている。

「ねぇ、今回の結婚式のウェディングケーキ、頑張って作ったから見て」

「楽しみにしている。……では、また」

瀬島はそう言って、真二に背を向けた。

玄関先で、キスができないことくらい分かっている。だけど触れるくらいはいいかな。やっぱりだめかな。だめだよね。心の中で自分と会話した真二は、瀬島に声をかけた。

「おやすみなさい」

「……おやすみ」

振り返った瀬島の表情は、暗くてよく分からなかった。

瀬島の車が走り去る。いつもこんな気持ちで、彼は自分を見送っていたのだろうか。寂しさで胸が痛くて、真二は貰ったばかりのスーツを抱きしめた。

大下の結婚式を控え、真二は数日前の営業時間中から少しずつ作業を始めていた。

いくら友人とはいえ、自分ではない他人の結婚式に想いをのせるのはどうだろう。頭ではそう思いながらも、真二は気合を入れてクロカンブッシュの準備にかかる。

洋菓子の基本はパーツの積み重ねだ。ひとつひとつの工程をしっかりとこなした上で完成する。それを自分に言い聞かせ、ミニシューを積み上げていく。

ミニシューの大きさは揃えるとうまく積み上がらない。積む形を決めたら飴ですぐに接着していく。

飴細工は壊れないように予備を含めて作った。

結婚式当日は朝に会場入りし、仕上げにかかる。今回のホテルは幸いにも作業スペースを貸してくれたので、組みあげるのもスムーズだった。

練習した通りに、ミニシューのタワーにフルーツを飾る。兄のアドバイスに従って赤い果実はつやありとなしがある。

「これは面白いな。赤いフルーツと飴細工のおかげで華やかだ」

隣で作業していたホテルのパティシエが完成品を見て褒めてくれた。

「ありがとうございます。ではこれでお願いします」

このホテルで真二にできるのは、クロカンブッシュの納入までだ。あとはホテルスタッフに任せるしかない。木槌でうまく割れたら、ミニシューは最後のデザートに添える。もし割れなかった場合に備えて、予備のミニシューも多めに預けておいた。これで準備完了だ。

道具を片付け、駐車場に停《と》めた車に押し込む。瀬島がくれたスーツに着替え、なんとか結婚式に間に合った。

慌ただしく席についたので、周りを見回す余裕がなかったけれど、瀬島は来ていないようだった。

瀬島のくれたスーツはウエストのラインが少し絞ってあるダークスーツで、ベストも付いていた。一目で上質のものだと分かる上にサイズもぴったりで驚いた。着てみたら子供っぽさが消えて、兄にも好評だった。

ホテルのチャペルでの結婚式後、披露宴の会場に移動する。真二の席は新郎友人が集まるテーブルだ。

「お前、ウェディングケーキ作ったって」

席につくなり話しかけられる。周りは高校の友人ばかりだ。

「そう、力作だから見て」

「すごいじゃん。お前ちゃんとパティシエなんだな」

友人の言葉が心外だ。

「どういう意味？」

じゃれるように笑っていると、なんだか高校時代に戻ったようだ。あの時もそれなりに毎日が楽しくて、そしてやっぱり、瀬島に恋をしていた。

「ウェディングケーキはクロカンブッシュと呼ばれる、フランスの伝統的なものとなっております」

司会の声が響く。作ったということで真二の紹介もあった。

新婦希望のウェディングケーキ入刀代わりの木槌演出はうまくいった。綺麗にミニシューが崩れてくれてほっとする。ミニシューは料理の最後、予定通りケーキに添えられた。

新婦上司として祝辞を述べた瀬島は、紹介する肩書が立派すぎて、新婦友人の視線を独り占めしていた。

仕事モードの瀬島を見る機会はあまりないので、とても新鮮な気持ちになった。こっそり写真も撮った。後で待ち受けにしようと思う。

結婚式と披露宴はつつがなく終わった。雨が降りそうな曇り空の中で始まったが、少しずつ晴れてきた。

「——今日はありがとう。ケーキ、うまかったよ」

「私の友達もお願いしたいって。とても素敵だったわ」

新郎新婦にも喜んでもらえてよかった。

「ぜひ」

真二は笑顔でそう答えた。

トリニティヒルズに入る前、パティスリーイナバでは年に数台とはいえ、オーダーウェディングケーキの注文を受け付けていた。店が落ち着いた今、自分の力でやってみようか。そんな希望が湧《わ》いてきている。

兄離れしろと、高科に言われた。自覚があっただけに悔しくて、真二は何か自分ができる道を探しているところだ。

披露宴が終わった後、会場を出てすぐのところに瀬島が立っているのが見えた。真二は小走りに駆け寄る。

「いい式だったね」

「そうだな」

周りはざわめいているのに、真二と瀬島の周りだけが静かだ。何かが始まり、そして終わるような、不穏と期待の混ざり合った気配がする。

「真二。話したいことがある」

先に切り出したのは瀬島だった。

「うん。僕も」

ちゃんと話したい。これからのことから逃げていたらだめだと、改めて思った。

「上に部屋をとってある。行こう」

引き出物入りの紙袋と、作業のためのシェフコートが入ったバッグを手に、エレベーター前へ向かう。途中、瀬島がさりげなく紙袋を持ってくれた。

二次会は欠席すると言ってある。その場で友人たちに挨拶をして、瀬島に続いた。

エレベーターでは無言だった。どの部屋をとっているのか知らないので、瀬島についていくしかない。

ラウンジ付きの高層階の部屋まで辿りついて、真二はほっと息をついた。自分は意外と緊張していたのだと、やっと気がついた。

一面の窓からは公園が見える。窓に沿って低いソファがあり、寝転んで外を見ることもできそうだ。

ソファに膝をついて、窓の下を見る。結婚式帰りらしき人々が見えた。

二人きりで話すのは久しぶりだ。どう切り出すべきか迷っている真二の前に、瀬島が立った。

「お前のこの手が、私をどれだけ幸せにしてくれるか知っているか」

突然右手を持ち上げられ、甲にそっと口づけられる。気障《きざ》な仕草が、瀬島にはよく似合っていた。

「僕の手が?」

「そうだ。この手が作り出すものは、いつも私を幸せにしてくれた。お前が作ってくれたシュークリームが世界一おいしいと私は思っているよ」

初めて言われた。真二はまじまじと自分の手を見る。

「そんなの知らない」

知っていたら、いっぱい作ったのに。

「言えばよかったと、今は思う。お前は私に、未来が欲しいと言ったな」

改めて考えると色々と恥ずかしいことを口走った気がする。真二は黙って頷いた。

「私はお前に関することならすべて、過去も未来も欲しいと思っている」

「なにそれ。……かっこよすぎてずるい」

思わず本心が口から出た。

「じゃあ直志さんは、僕とこれからも一緒にいてくれる覚悟ができてるの?」

重たい質問を突きつける。十二年間、ただ付き合ってきた自分たちは、これからどうなるのだろう。

「とっくにできている」

瀬島の答えはあっさりとしたものだった。

「私はただ、お前が自分で答えを出すのを待っていた」

「……僕が？　いつになるか分かんないのに待ってたの？」

なんて悠長な発言だろう。真二はつい咎めるような口調になっていた。

「ああ。気が短いほうではないからな」

そうだった。瀬島は真二と付き合うようになってから、三年間もキスしかしなかった男だ。年単位で待っていたこともありえる。むしろ我慢できないのは真二のほうだ。

「いつだっていい。私はお前を離すつもりなんてない。距離ができようと、お前がちゃんと考えて私の元に戻ってくるならそれでいいと思っていた」

穏やかな口調に嘘があるとは思えない。それだけ深く想われていたと知れて嬉しい反面、気になる点もあった。

「寂しくなかったの？」

何も言わず、真二の気持ちが決まるのを待つ。もし自分が同じ立場なら耐えられなかったと思う。

「まさか。寂しかったに決まっているだろう。さっきの披露宴で、お前が友人と楽しそうにしていた時は嫉妬もした」

嫉妬という言葉が出てきて感動する。だけど、と真二の頭には疑問も浮かんだ。

「……もしかして、だけど」

ひとつの可能性に気がついた。眼差しで続きを促され、真二は正直に聞いた。

「もう枯れちゃった……？」

「は？」

真二の問いかけに瀬島が目を丸くした。彼のそんな反応を見るのは初めてだ。

やがて意味を理解したのか、瀬島の顔が一気に険しくなる。

「どういう意味だ」

聞いたことがないくらいの剣呑《けんのん》な声に体が竦む。ただひとつの可能性を聞いたつもりだが、瀬島の逆鱗《げきりん》に触れたようだ。

「だって、最近は全然、……その、ね？」

瀬島の迫力に戸惑い、真二は目を泳がせた。語尾を曖昧にして、発言をなかったことにしてしまいたい。どうして自分はこうなんだ。よく考えずに発言してしまう愚かさに絶望する。

「その？　続きは？」

だが瀬島はごまかされてくれなかった。その迫力にたじろぐ。

「あんまり、……しなくなったから」

「はっきり言いなさい」

まるで昔に戻ったかのような口調だ。真二はだから、とやけになって声を大きくした。

「最近、最後までしないじゃん。手と口で終わり。僕は後ろもしたいんだけど。ぶっちゃけ触るなら挿れて欲しい」

なんでこんなことを言っているのか。自分でもよく分からない。恥ずかしさを悔しさが上回り、憤りにも似た感情で顔が熱くなる。

「それは……」

瀬島は額に手をやると、目を泳がせた。

いつも冷静沈着で、感情が表面に出にくい彼が、こんなにも動揺している姿を初めて見た。真二は言いすぎた自分を後悔したけれど、もう時間は戻せないのだと開き直る。

「やっぱりしたくなかった?」

「そんなはずがあるか」

瀬島が声を荒らげた。

「お前の体に負担をかけないために、我慢していた部分はある」

「我慢なんてしなくていいのに。直志さんの中で僕はいつまで子供なの?」

「別にそういうつもりは……」

ない、と瀬島が言う前に、真二は彼の腕の中に飛び込んだ。

「じゃあして」

このまま押し倒す勢いでそう言った。瀬島は真二を抱きとめてその場にとどまる。

「分かった。だが、ひとつ約束してくれ」

「何？」

期待に逸《はや》る気持ちのまま問う。瀬島は真二の腰に手を回すと、目をのぞき込んできた。

「お前が一度でもいやと言ったらやめる。いいな」

「うん。絶対に言わない」

真二は約束、と口づけた。それを見た瀬島は表情をわずかに緩めた後、そのまま真二を押し倒そうとしてくる。

「ねぇ、ここでするの……？」

ソファがあるのは窓際だ。いくら高層階とはいえ、トリニティヒルズと違い近くには似たような高さの建物もある。誰かに見られてしまいそうだ。

「ベッドがいいか」

「できたら」

「分かった」

いまいち雰囲気にかけるかなと思いつつ、真二は立ち上がろうとした。だが不意に足が浮く。

「うわっ」

いきなり抱き上げられて真二は慌てた。いわゆるお姫さまだっこをされていると気がついて目を丸くする。

真二は小柄で細身だが、力仕事でもあるパティシエなので、それなりの筋肉もある。決して軽くはないはずなのに、あっさりと持ち上げられてしまった。

「え、これ結構怖いよ。降ろして」

「お前がきちんと摑まっていれば大丈夫だ」

瀬島は大股《おおまた》で数歩先のベッドへ向かう。真二を丁寧にベッドに横たえる。

「スーツ、よく似合っている」

「ありがとう」

瀬島はベッドに腰かけ、ネクタイを緩めた。それだけでたまらない色気が漂っている。セクシーという言葉は彼には似合わない。もっと硬質な大人の色っぽさにくらくらした。

「お前のネクタイを外すのもたまにはいい。自分が贈ったものを脱がせるのは最高だ」

ネクタイをするりと引き抜かれる。シャツのボタン、ベルトと外され、丁寧に服を脱がされた。

何も身に着けない状態でベッドに組み敷かれた。顔の横に瀬島が手をつく。真二は目を閉じた。

ゆっくりと唇が塞がれる。軽く吸われ、久しぶりの感覚に真二はうっとりした。どうしてキスはこんなに気持ちがいいのだろう。角度を変えて何度も唇を合わせ、徐々に開いていく。

瀬島の指が真二の顎にかかった。その状態で、舌を差し込まれる。お互いの舌を絡ませることに夢中になる内に、いつしか真二の口は大きく開いていた。無防備な喉奥を、瀬島の舌が擦る。

「ん、んんっ」

息ができない。苦しさから逃れようにも、顎を押さえられてできなかった。

深くまで舌を差し込まれ、頬の裏側を舐められる。それから歯の一本一本まで確かめるように舐められて、息が苦しくなった。

「っ……」

怖いと思った。いやと言いかけて、瀬島との約束を思いだす。そうだ、今日はいやと言わないと決めたんだ。

受け入れようと力を抜く。噛みつくようなキスが、求められているようで嬉しい。

「人の気も知らないで、まったく」

呆れているのか楽しんでいるのか分からない口調で、瀬島が乱暴にネクタイを取り払う。いつも丁寧な動作の瀬島がする、急いたような動きから目が離せない。どうしてこんなに格好良いのだろうと、改めて見とれてしまう。

瀬島が自分のスーツを脱ぐ。真二はわずかな違和感に眉を寄せた。

「なんか、……逞《たくま》しくなってる？」

見慣れたはずの体が、いつもと違って見える。下着姿でベッドに膝をついた瀬島があぁ、と頷いた。

「お前と会えない時、仕事とトレーニングしかやることがなかった。少し筋肉がついたかもしれない」

「え？」

まさかの告白に真二は言葉を失った。

「仕方がないだろう。私にはお前以外に必要なものがない。お前と会えない時間をどうにかするには体を動かすしかなかった」

「なにそれ……」

瀬島も案外と単純な思考回路をしているらしい。

「重いか？」

真二にのしかかった瀬島が問う。筋肉の分だけ重たく感じるけれど、これは幸せの重みだ。

「ううん。……幸せ」

今度は唇を重ねるだけのキスをした。瀬島の指が首筋から鎖骨を撫でる。

「もう尖っているな」

そんな指摘をされなくても、乳首が硬くなっていることくらい分かる。左右を均等に親指で押しつぶされたり、くびりだされた先端を弾かれたりして、呼吸が乱れた。

「んん」

右側を強く吸われ、舌先で転がされる。指と舌で弄られた乳首から、全身に痺《しび》れが広がっていく。

じわじわと熱を加えられ、すっかり蕩《とろ》けた真二の下肢に、瀬島の指が伸びてきた。太ももを撫でた手のひらがそのまま上に進む。昂ぶりの根元を軽く揉まれ、それから幹を扱かれた。

「あっ」

瀬島の指が輪を作る。その中を性器が出入りするように扱かれて、息が止まった。裏の筋を親指で弾かれ、腰を突き上げる。

「もっ、……いくっ……」

飢えていた体はあっけなく達していた。瀬島の手を汚すと分かっていてもどうにもできず、ただ腰を振る。

「は、ぁ……」

射精直後の真二の体はベッドに沈んだ。

「そのまま、力を抜いていろ」

投げ出した足を大きく広げられる。一度達しただけではまだ足りない。もっと深い、我を忘れるほどの快感が欲しくて、真二は瀬島に言われるまま脱力した。

真二が放ったものを指にまとわせた瀬島が、足の間を探る。普段は意識すらしない後孔を撫でられた。

「いいな？」

問われて真二は頷いた。シーツを摑んでいた右手を離し、瀬島の左腕を摑む。

「お前の体を目覚めさせたのは私だ。責任はとる」

大きく節くれだった指が、中へと入ってくる。

「……んっ……」

最初は異物感が強い。でも濡れた指でゆっくりと馴《な》らされ、広げられていく内に、そこが柔らかくなるのだ。

「直志さんっ」

思わず肩に爪を立てそうになった。職業柄、かなり短くしているとはいえ、それでも瀬島の肌を傷つけてしまう。咄嗟《とっさ》に手を離したら、瀬島が片眉を跳ね上げた。

「構わない。痕《あと》を残せ」

「……いいの？」

いやがるかと思っていた。でも瀬島は躊躇なく首を横に振り、首筋を差し出してくる。

「キスマークも大歓迎だ」

「なんだ、……言ってよ」

泣き笑いみたいな顔になったと思う。真二は瀬島の首筋に唇を落とした。強く吸ってみたけど、ちょっと赤くなっただけだ。

「……難しいね」

「お前はすぐ痕が残る。体質だな」

鎖骨のあたりを強く吸われる。じんと痺れたそこを瀬島が優しく舐めた。

「もうついた」

言われて視線を向けた鎖骨のあたりには、赤い痕が刻まれている。自分の体だというのにそれがひどくいやらしく見えて、頬のあたりが熱くなってきた。何か言いたくて唇を開くけれど、瀬島が指を少し引いたせいで、何も言えなくなる。

「……あっ」

埋めた二本の指が、真二の感じる場所を撫でた。

もう堪えきれない。自分の体の動きを止める術もなく、感じるまま指を締めつけ、絡みつき、奥へと誘う。

瀬島の指は執拗《しつよう》に弱みを刺激する。とろとろとした甘い快感に全身が包まれて、真二は体をくねらせた。

「そこ、もう……や……」

やだ。そう言いそうになって、真二は口を引き結んだ。

「すごいな、こんなに吸いついて。一人でしなかったのか？」

「……」

首を横に振る。

「そこ、……触るの、直志さん、だけ……」

切れ切れの声で訴える。そうか、と嬉しそうな声と共に指が増やされた。

「気持ちよすぎて、指に嫉妬しそうだ」

耳元に掠《かす》れた声が触れる。その官能的な響きから無意識に逃れようと、背がシーツから浮く。必死でしがみつくと、汗ばんだ背中に蓄えた力を感じた。

「も、う……いいから、……きてっ」

内側に瀬島の指紋が残りそうなほど探られて、じれったさに涙が滲む。

息も乱れたところで、縁に指がかかる。すっかり熟れたそこはゆっくり広がった。自分が放ったもので丁寧に下ごしらえされてしまったのだ。

「大丈夫そうだな」

あっという間に足が抱えられ、熱く大きなものが押し当てられる。

硬いそれを少し埋めては引き抜かれる。焦らされ続けて煮詰まった体はもう待てない。

「ね、……早く」

きて、とねだったその瞬間、だった。

「あっ」

予告もなしの挿入に、力を入れる間もなかった。一気に奥まで進まれてしまう。驚いた後孔が締めつける頃には、それは我が物顔で根元まで収まっていた。

「っ」

瀬島が苦しそうに眉を寄せる。その表情をちゃんと見たいのに、目を閉じてしまったのが悔しい。

ゆっくりと瀬島が体を重ねてきた。肌が触れ合うだけで、途端に歓喜が押し寄せる。安心にも似た、けれどももっと性的な感覚だ。

こんな風にベッドで素肌を合わせるのはどれくらいぶりだろう。瀬島の鼓動が伝わってきて、真二は息をついた。

「大丈夫か?」

汗で額に張りついた髪を撫で上げられる。

「うん」

小さく頷く。体の奥に自分と違う鼓動を感じた。意識した途端に強く締めつけてしまう。すごい、ひとつになってる。

「こうやって抱きあえるの、嬉しい」

「……私もだ」

瀬島が動きはじめた。中を探るように擦ってから、優しくこねられる。激しさのない甘い刺激に肌が粟立った。気持ちがよくて、同じだけじれったい。

目を閉じても視線を感じる。それが更に真二の体温を上げると、瀬島は知っているだろうか。

弱いところを強く擦られて、体温が上がる。体の中に熱が解放を求めてかけめぐった。

「ん、いいっ、そこ……」

目がくらむような快楽の波に放り出される。溺《おぼ》れる。口を閉じることさえできなかった。あられもない声が口をつく。

足首を掴まれ、大きく足を広げられた。昂ぶった欲望を晒《さら》すいやらしさにめまいがしても、どうにもできない。

「ここが好きか？　教えてくれ」

真二の反応で分かっているくせに、瀬島は意地悪だ。

「ん……好き、……ぜんぶ、好き……」

正直に答える。だって本当に、瀬島がしてくれることならすべて気持ちがいい。そういう体に、真二はもうなっているのだ。

瀬島が真二の腰を摑んだ。ぐっと繋がりが深くなる。

「い、……」

やだ、と続けそうになり、いやだと言ってると思わなかった。無意識とはいえ、これでは瀬島からすれば拒んでいるようにも聞こえるだろう。

自分がこんなにも、真二は唇を噛んだ。

でもここで、ごめんと謝って、二人の熱を下げたくない。謝るのは後にして、まずは今この快感を分かち合いたかった。

「好き、……先生」

瀬島を呼ぼうとして口をついたのは、出会った頃の呼び名だ。もう何年も先生と呼んでいなかったのに、口にしてみたらしっくりくる。

懐かしい呼び方だ、と言いたかった。けれど言えない。息を飲んだ瀬島が、瞬きもせず、獲物を見つめるような鋭さを真二に向けたから。

こんな顔もするんだ。もう十二年も付き合っているのに、今日は瀬島の知らない顔ばかり見る。

もっと知りたい。ぜんぶ知りたい。

欲張る気持ちを抑えられず、真二は瀬島の背に手を伸ばした。汗だくの体を密着させたら、一層ひとつになれる気がする。

「あっ、あ」

抉《えぐ》られるようなリズムに合わせて声をもらす。閉じられない唇から唾液が溢れて、喉元を伝い落ちた。それを瀬島が舐めとる。

何もかもが気持ちよくて、怖い。ちょっと待って、と言おうとした時、瀬島の硬い先端が真二の弱みを押しつぶした。

「んぁ」

全身が痙攣《けいれん》したような状態に、高い声を上げてしまった。小刻みに腰を揺らしながら、瀬島の下腹部に熱を放つ。

「え、……う、そ……」

あまりに突然すぎたせいで、快感は遅れてやってきた。背中に震えが走る。放っている最中のような痺れが続いた。

自分の体の奥で何が起こっているのか、理解できない。そのままベッドに沈み込んだ真二を、瀬島が突き上げる。

「あ、……すごい、いっぱい……」

腰を摑む瀬島の指先に力が入る。奥へと注ぎこまれているのが分かった。熟れた粘膜が喜ぶように締めつけるのも。

瀬島が達している。最奥を濡らされるのは、射精とはまた違う形の快感だ。ふつふつとカラメルを煮詰めるかのごとく、真二の体が甘くなる。

「……んんっ」

最後まで余すことなく放たれ、真二は脱力した。瀬島の手が頬を包む。ぼんやりと瀬島を見上げた。潤んだ視界の中、珍しく彼は肩で息をしている。

「いつもならここでやめていたが、今日はまだ、終わらせないぞ」

宣言した瀬島の目が据わっていた。

怖い。でも同じくらい、期待に胸が高鳴る。真二は瀬島を見上げた。愛しさで胸が張り裂けそうだ。

「うん。……して」

お願い、と甘えた瞬間、真二の中にいる瀬島の昂ぶりが脈打った。真二を組み敷いた彼が眼鏡を外す。それを合図にしたかのように、二人で官能の波へと飛び込んだ。


湿ったシーツに転がり、乱れた呼吸を必死で整えながら、真二は反省していた。枯れたのかなんて聞いていい相手じゃなかった。

すごかった。自分がされたこと、上げた声、聞こえた音、感じたものすべて、思いだすだけで赤面する。

ベッドを出て一緒に体を清めようとしたはずだった。だけどお互いの体を洗っている内に止まらなくなって、バスルームで初めて体を繋げた。

立ったまま後ろからするなんて、あんなに気持ちいいなんて、知らなかった。

もうどこにも力が入らない。

普段なら労《いたわ》るように真二を抱きしめてくれる瀬島も、隣で脱力している。乱れたベッドを軽く整え、飲み物を用意したところで力尽きたようだ。

ちらりと横目で確認する。いつもきっちり整えられている髪も汗で濡れたままだ。その疲れた様子が大人の男の色気を漂わせている。

どうしよう。かっこいい。

頭がうまく働かず、真二は単純な誉《ほ》め言葉だけを頭に浮かべて、瀬島を見つめる。

「……」

名前を呼びたかった、でも声が出ない。真二は目を丸くした。喉が干上がっていて、張りつきそうだ。それに気がついたのか、瀬島が上半身を起こす。

「大丈夫か」

差し出されたミネラルウォーターに手を伸ばす気力もない。目でねだると、察した瀬島が口移しで飲ませてくれた。

「んっ」

開いた唇から入ってくる水を味わう。喉が潤い、水がなくなっても離れたくなくて、そのまま瀬島の唇を吸った。応《こた》えるように差し込まれた舌を絡める。

この人が好きだと改めて身も心も確認したところで、唇を離した。

「……直志さん」

やっと出た声は、少し掠れていた。

「今まで我慢してた？」

「そのつもりはなかったんだが」

困ったように眉を下げた瀬島は、明確な否定をせずに真二に手を伸ばす。後頭部を包むように抱き寄せられ、また触れるだけのキスをされた。

「途中から、自分でも止められなくなった。つらいか」

「ううん。愛されてるって感じがしたよ」

へへ、と自分でも気持ち悪さを覚えるくらいに表情を崩して、真二は瀬島の胸に顔を埋めた。瀬島の鼓動が聞こえる。

正直に言えば体はとてもつらい。でもこんなに求められていると実感して、心が満たされている。

「……分かればそれでいい」

瀬島の指が真二の髪に絡んだ。

「ごめんね、これまでずっと、……いやだって言いすぎてた」

無意識とはいえ口にしていたのは事実だから、素直に謝る。

「私もそこまで気にしているつもりはなかったが、……いやだと言われるとどうしても遠慮してしまう部分があった。それをお前は、子供扱いしていると思ったのかもしれない」

悪かった、と瀬島が言う。

「謝らなくていいよ。僕たち、どっちも言わなきゃいけないことをサボりすぎてた」

どちらが悪いわけでもない。これからに向けて土台がきちんとできたのだと、真二は前向きに考える。

「これから気をつけよう」

殊勝な瀬島の胸に、真二は額を擦りつけた。

「そうだよ、特に直志さんはちゃんと言って」

自分のことを棚に上げて言ってみた。

「ああ、そうしよう。――素直に感じているお前もかわいかった」

いきなりすぎる。どんな顔でそんなことを言ったのだろう。真二が見上げた先にあったのは、瀬島の真顔だった。本気だと分かるだけに複雑な気持ちだ。

「かわいいっていうけど、僕も普通の男だから。たまには甘えられたいんだけど」

頼りがいはないかもと自覚しているけれど、それでもやっぱり、甘えるだけの関係ではいたくない。

「これでも甘えているつもりだが」

心外そうに返されて、真二は詰まった。まさか瀬島がそんなつもりだとは、かけらも想像していなかったのだ。

「……どの辺が？」

一体どこで甘えられていたのか。知りたくて聞いたら、瀬島はけだるげに息を吐いた。

「お前といると眠れる。……今日はこのまま眠らせてくれ」

真二の返事を聞かず、瀬島は目を閉じた。すぐに寝息が聞こえてくる。

そういえば瀬島は、普段からあまり眠らない人だった。そんな人が、自分のそばでは眠ってくれる。それはつまり。

真二はゆっくり目を閉じた。愛されているという実感で、胸がいっぱいだ。

雨の音が聞こえる。でももう、何も怖くなかった。

あとがき

こんにちは、藍生有《あいおゆう》と申します。この度は『ショコラティエ愛欲レシピ』を手に取っていただきありがとうございます。

本編は雑誌「小説b-Boy《ビーボーイ》」掲載作を改稿したものです。雑誌掲載時から応援してくださった方、お待たせいたしました。後半は、前作『パティシエ誘惑レシピ』の主人公・稲場英一《いなばえいいち》の弟・真二《しんじ》の話です。本書だけでは分かりにくい部分もあるかと思います。どうぞ前作も合わせてお楽しみください。

イラストは今回も蓮川愛《はすかわあい》先生にお願いできました。蓮川先生の描かれる瀬島《せじま》がものすごく好みで、先にラフをいただいた時から早くみなさんにお見せしたくてたまりませんでした。真二もとてもかわいいです。そしてジェラールと仁《じん》の麗しいこと。大人の組みあわせが素敵です。お忙しい中、素敵なイラストをどうもありがとうございました！

この本を手に取ってくださった皆様、どうもありがとうございます。皆様のおかげでこの本を出せました。引き続き応援いただけると嬉しいです。

表題作「ショコラティエ愛欲レシピ」は、「小説b-Boy」二〇一六年冬号（リブレ刊）掲載作品を改題の上、加筆修正いたしました。他の作品はすべて書き下ろしです。

『ショコラティエ愛欲レシピ』、いかがでしたか？
藍生《あいお》 有《ゆう》先生、イラストの蓮川《はすかわ》 愛《あい》先生への、みなさまのお便りをお待ちしております。
藍生 有先生のファンレターのあて先
〒112-8001 東京都文京区音羽2-12-21 講談社 文芸第三出版部「藍生 有先生」係
蓮川 愛先生のファンレターのあて先
〒112-8001 東京都文京区音羽2-12-21 講談社 文芸第三出版部「蓮川 愛先生」係

N.D.C.913　287p　15cm

藍生 有（あいお・ゆう）
8/7生まれ・AB型
北海道出身・愛知県在住
好きなものはチョコレート
趣味はクリアファイル集め
Twitter　@aio_u

講談社X文庫

white heart

ショコラティエ愛欲《あいよく》レシピ

藍生《あいお》 有《ゆう》

●

2019年8月1日　第1刷発行

定価はカバーに表示してあります。

発行者——渡瀬昌彦
発行所——株式会社 講談社
東京都文京区音羽2-12-21 〒112-8001
電話 編集 03-5395-3507
販売 03-5395-5817
業務 03-5395-3615
本文印刷—豊国印刷株式会社
製本———株式会社国宝社
カバー印刷—半七写真印刷工業株式会社
本文データ制作—講談社デジタル製作
デザイン—山口　馨

ISBN978-4-06-516615-4